徳間文庫

裏アカ

大石　圭

徳間書店

目　次

渇いている。わたしは渇いている。からからに渇いている。
水を飲んでも飲んでも、この渇きは癒えない。
わたしは渇く。きょうも渇く。
渇く……渇く……渇く……渇く……。
耐え難いほどのこの渇きを癒やせるのは、愛なのだろうか? それとも、もっと
別の何かなのだろうか?

プロローグ

SNSなんてくだらない。そんな馬鹿馬鹿しいものに、限られた時間の多くを費やすなんてどうかしている。

わたしはずっとそう思っていた。

SNSなんていうものは、どこにでもいるような一般人が……何者かになることに憧れたけれど、結局は何者にもなれなかった無名の人間が……誇張した虚構の自分に人々の視線を向けさせ、自己顕示欲を満足させるための極めて馬鹿馬鹿しいツールなのだ、と。

栃木県の高校で一緒だったわたしの女友達のひとりは、他人にとってはどうでもいい子供の成長記録を、毎日、毎日、飽きもせずに、Instagramに投稿している。毎日、毎日……来る日も、来る日も……。

スマートフォンに送られてくる彼女の子供の写真や動画を目にするたびに、わたしは惰性で『いいね』を押している。『いいね』を押さないと、ひがみっぽい彼女から何を思われるかわからないからだ。

けれど、平凡でありきたりで、経済的な余裕もなくて、家事と育児とパートタイムの仕事に追われている彼女の暮らしがいいと思ったことなんて、ただの一度もない。

別の女友達のひとりはママ友とのランチの写真や動画、家族で出かけた行楽地などで撮影した画像などを、やっぱり毎日のようにInstagramにアップしている。どぎつく化粧し、綺麗に見えるように必死で加工した自分の顔写真を投稿していることもある。

そんな写真や動画がアップされるたびに、わたしはしかたなしに『いいね』を押している。けれど、心の中では彼女のことを蔑(さげす)み、小馬鹿にして罵(のの)っている。

『なんて自己顕示欲の強い人なの？　あなたのやっていることは、単なる自己満足なのよ。あなたの馬鹿馬鹿しい日常を本気でいいねと思っている人なんて、世の中に誰ひとりいないよ』

そういうわたしもSNSはやっている。店に新作の衣類やアクセサリーやバッグやパンプスが届くたびに、それらを身につけた自分の写真を撮影し、TwitterやInstagramにアップしているのだ。

でも、SNSはわたしがやりたくてやっていることではなく、商品を宣伝し、少しでも多く売るために、店長としての義務感からやっているだけのことだ。つまり仕事の一環だ。

やりたくないのに嫌々やっているから、いつになってもフォロワーの数は増えない。『いいね』もいつも、三十か四十ほどしかつかない。

ＳＮＳなんてくだらない。あんなものは目立ちたがり屋の暇人がやるものなのだ。『見て、見て、見て。わたしを見て』『わたしはここにいるのよ。わたしを忘れないで』という、浅ましい声が聞こえてくるような気がして、うんざりする。

ＳＮＳは馬鹿馬鹿しい。

わたしはずっとそう思っていた。それなのに……ＳＮＳなんてくだらなくて、時間の無駄だと考えていたはずのわたしが……。

きょうもわたしはひとりきりの部屋で、ドレッサーの前に立つ。自分の店で買ったオフホワイトの洒落(しゃれ)たブラウスをゆっくりと脱ぎ捨てる。美しいレースで飾られたローズピンクのブラジャーを外し、剝(む)き出しになった左右の乳首を左腕全体でそっと押さえる。

一日中、ブラジャーの中に押し込まれていた乳房は、しっとりと汗ばんでいて温かく、弾力があって触り心地がいい。白い乳房の周りに、ブラジャーのワイヤーの跡が、うっすらと生々しく残っている。

昔から乳房はそれほど大きくない。かつてのわたしは、そのことにコンプレックスを抱いたこともあったし、大きな胸に憧れて豊胸手術を考えてみたこともあった。けれど、三十四歳になった今も、わたしの乳房はとても形良く張り詰めていて、十代の頃と同じようにしっかりと上を向いている。たるみなんて、ほんの少しも感じられない。

スマートフォンを手に取り、カメラの機能を起動させる。レンズを目の前の鏡に向け、顔が完全に隠れていることと、乳首が見えていないことを確かめる。そして、指先でそっとシャッターの部分に触れる。

一度、二度、三度、四度……。

音楽のない静かな部屋の中に、無機質なシャッター音が繰り返し響く。

カシャッ……カシャッ……カシャッ……カシャッ……。

今度は左の乳首を肘の辺りで押さえたまま、右の乳房を左手で鷲掴みにする。パンの生地でもこねるかのように、弾力のあるそれをゆっくりと揉みしだく。その様子を、またスマートフォンで撮影する。左手の小指に嵌めたプラチナのピンキーリングが光り、指先を彩るジェルネイルが鮮やかに光る。

カシャッ……カシャッ……カシャッ……カシャッ……。

全身が徐々に熱くなり、呼吸が荒くなっていく。心臓の高鳴りがはっきりとわかる。

ふと気づくと、いつの間にか滲み出た分泌液で、わたしの股間はじっとりと潤み始めている。

撮影が終わると、わたしは乳房を剥き出しにしたままソファに腰を下ろす。そして、冷蔵庫から出したばかりの缶ビールを飲みながら、たった今撮ったばかりの写真の中から、男たちが特に喜びそうな写真を、時間をかけてゆっくりと選ぶ。

今夜、わたしが選んだのは、右の乳房を左手で荒々しく、指の跡が残るほど強く揉みしだいている写真だ。キメの細かい肌の白さと、伸ばした爪の鮮やかなブルーのジェルネイルとのコントラストが美しい。

『揉み心地好さそうー』『いつになったら乳首を見せてくれるの？』『色気ハンパない』『エロいわー』『マジで俺に揉ませてっ』『そこに顔を埋めたい』

実際には囁かれていない男たちの下品で、猥褻で、いかがわしい言葉の数々が、頭の中に次から次へと浮かんでくる。

撮ったばかりの写真をTwitterに、本名でやっているアカウントではなく、『March』という裏のアカウントのほうにアップする。

スマートフォンを握り締め、その画面をじっと見つめる。

すぐに『いいね』がつけられ、コメントが送られてくる。それらの数が見る見るうちに増えていく。

『いいね』

ああっ、見られている。求められている。わたしは必要とされているのだ。

そのことが、今夜もわたしを恍惚とさせる。『いいね』を増やすためになら、もっとすごいことをしてもいいと思う。

第一章

1

青山の店を新堂さやかとアルバイトの子のふたりに任せて、わたしは渋谷にある『アストランティア』の本社のミーティングルームに来ている。社長の北村圭吾やほかの路面店の店長たちと一緒に、バイヤーの佐伯崇が仕入れてきた春夏物の婦人服の数々を品定めしている。

アシスタントの若い子たちが、佐伯が仕入れた服の数々を、次々に身につけてわたしたちの前に姿を現す。そのたびに、店長の女たちは満面の笑みを浮かべて、「いいですね」「すごく素敵です」「売りやすそうですね」などと口にしている。

佐伯に気があるという噂の西新宿店の竹本薫のリアクションは、滑稽なほどに大げさだ。アシスタントの子が別の服に着替えて姿を見せるたびに、甲高くて素っ頓狂な声を張り上げ、「さすが佐伯さん。センスがいいなあ」「あっ、これなんか、店に並べた瞬間に売れそうですね」などという、思ってもいないはずの言葉を口にしている。

強面で、いかつい顔をした社長の北村も、「うん。なかなかいい」「悪くない」「これだったら、売れないということはないだろうな」などと小声で繰り返している。

けれど、わたしは何も言わない。何かを言う気になれないのだ。

佐伯が選んでくる服のデザインは無難だけれど、どれもありきたりで、面白みがまったくない。こんな平凡な服を、わたしは客に勧めたくない。わたしがこんなつまらない服をいいと感じているのだと、客の女たちに思われたくない。こんな服だったら、田舎の衣料品店やスーパーマーケットでも買えるはずだ。

退屈したわたしは、これ見よがしにあくびをする。すぐ傍にある大きな窓の外に視線を向ける。

インテリジェンスビルの十四階にあるこの部屋の窓からは、渋谷の街が外れのほうまで見渡せる。今はお昼だからそれほどでもないけれど、ここからの夜景は息を呑むほどに美しい。それはまるで地上の銀河を見下ろしているかのようだ。

かつてのわたしは残業の合間に、毎晩のように、この窓からその夜景を満ち足りた気分で見下ろしていたものだった。

そう。バイヤーだったあの頃のわたしは、満ち足りていたのだ。この『アストランティア』というセレクトショップを、自分のセンスが支えていると感じ、そのことに満足していたのだ。

アシスタントの子がまた別の服に着替えて姿を現した。その服を買いつけてきた佐伯が手を伸ばし、アシスタントの襟元の乱れを簡単に整えた。

「これだとボトムがけっこう遊べるっていうか……幅がありますから、使い勝手はいいと思います」

路面店の店長たちの顔を、順番に見まわすようにして佐伯が言う。わたしを蹴落として社長の信頼を勝ち取った佐伯の顔には、得意げにも感じられる表情が浮かんでいる。

「いいんじゃないか」

いかつい顔をした社長の北村圭吾が、佐伯の言葉に笑顔で頷く。「こういうデザイン、確か、オンラインショップのほうでも数が出ているよな?」

社長に視線を向けられたオンラインショップ担当の岡田保が、ほっそりとしたその指ですぐにタブレット型端末を操作する。

メタルフレームの眼鏡をかけた岡田は無口で、少し引っ込み思案のところはあるけれど、仕事は速くて正確だ。わたしより四つ年上の岡田は、オンラインショップだけではなく、インターネットに関することのほとんどをひとりでやっている。あまり愛想はよくないけれど、余計なことを口にせず、社長におべっかを使うこともせず、いつもテキパキと素早く仕事を進めている彼を、わたしは以前から信頼している。

「そうですね。ええっと……これと似た形のものは、よく売れていますね」

端末の画面を睨(にら)みつけた岡田が淡々とした口調で答え、社長が店長の女たちを見まわして「店舗の意見はどう？　売れそうかな？」と尋ねる。

「いいんじゃないですか」「素敵ですね」「すごく売りやすそうなデザインです」

笑みを浮かべた店長の女たちが、口々にそう答える。

その言葉にわたしはひどく苛立(いらだ)ち、さっきからずっと思っていたことを口にすることにした。

「わたしは無難すぎると思います。わたしが客なら、こんなつまらない服は絶対に買おうと思いません」

少し刺々(とげとげ)しい口調でわたしは言った。

その瞬間、和やかだったミーティングルームの空気が一瞬にして凍りついた。

数秒の沈黙があった。とても重苦しい沈黙だった。

そのあいだ、店長の女たちもバイヤーの佐伯も、途方に暮れたような顔をしていた。

その沈黙を破ったのは、社長の北村圭吾だった。

「じゃあ、次の服を見せて」

苦虫を嚙み潰したような顔でわたしを一瞥してから、社長が佐伯に言った。

そう。バイヤーから青山店の店長に格下げしたわたしの意見を聞く気など、社長の北村には端からないのだ。できればわたしには、ここにいて欲しくないとさえ考えているのだ。

わたしにもそれははっきりと感じられた。

「あっ、はい……」

そう返事をした佐伯が、何か言いたげな視線をわたしに向けた。

けれど、わたしは佐伯から目を逸らし、また窓の外を見つめた。

きょうも風は冷たかったけれど、朝から天気がとてもいい。一日ごとに確実に強くなっていく春の日差しが、渋谷の街を明るく照らしている。道ゆく女たちの多くはまだ冬の装いをしているが、春めいた服を身につけている女たちも少なくない。

一日ごとに春に向かっていくこの季節が、かつてのわたしは大好きで、目を覚ますたびに、理由もなくうきうきとした気分になったものだった。

「ええっと、次はブラウスなんですが……」

佐伯の声が耳に届いた。けれど、わたしはそちらに顔を向けなかった。見る必要なんてない。佐伯がセレクトしたブラウスなんて、どうせありきたりで、つまらないものに決まっている。そして、そんなつまらないものを売っている限り、北村が望んでいる『起死回生』など絶対に起こらないのだ。

今から十数年前、まだ二十代だった北村圭吾が立ち上げた『アストランティア』は、かつては時代の先端を行く素敵な店だった。だから、わたしも北村に呼ばれた時には、躊躇することなく転職を決めたのだ。

けれど、『アストランティア』の経営は間もなく傾き始めた。ここ数年は、前年同月割れの状態が続いている。

高い服が売れないというのは、時代の流れでもあるのだろう。百貨店の婦人服売り場は、どこも売り上げの減少が続いていると聞いている。それでも、売れている店もあるのだから、時代のせいばかりにはできないはずだ。

わたしが店長をしている青山店は、都内にいくつかある『アストランティア』の店舗の中では、たいていいちばんの売り上げを上げている。だが、青山店でも売り上げは右肩下がりで、前年同月割れの状態がもう何ヶ月も前から続いている。

北村は採算の悪い店を閉鎖したり、アルバイト店員の数を減らしたりして、会社を何とか維持しようとしている。だが、リストラだけではどうにもならないことは誰の目にも明らかで、このままだと『アストランティア』の従業員たちは、ほどなくして路頭に迷うことになるはずだった。

2

その晩、店の営業が終わってから、わたしは新堂さやかとふたりで、佐伯が仕入れてきたつまらない商品の数々を店内のあちらこちらに陳列し始めた。

ショーウィンドウに立ったマネキンを着替えさせながら、わたしは磨き上げられたガラスの向こうを行き交う人々にぼんやりと目をやった。ここ青山は、今も昔も日本のファッションの中心地のひとつだった。

イルミネーションに彩られた青山のメインストリートは、こんな時間になってもたくさんの人々で賑(にぎ)わっている。会社帰りらしいサラリーマンやOL、海外から来た旅行者たち、肩を寄せ合って歩くカップルや、楽しげに笑っている若い女たち……。道行く人々の多くがスマートフォンを手にしている。

今夜は吹き抜ける風がかなり冷たいというのに、少なくない女たちがミニスカートやショートパンツを穿（は）いている。ほっそりとした長い脚の女たちには、そんな格好がとてもよく似合っている。

わたしはそれを微笑（ほほえ）ましく感じる。わたしも引き締まった長い脚には少し自信があって、ジャケットと相談しながら頻繁にミニスカートを穿いている。たとえそれがどんなに寒い日でも、このジャケットにはミニスカートだと思えばためらうことはない。

そう。大切なのは防寒を求めることではなく、いかに自分に似合う服を身につけるかということなのだ。自分の魅力的な箇所を、いかにうまく表現するかということなのだ。お洒落（しゃれ）をするとは、そういうことだ。自分のことをよく知り、自分に本当に似合う服を、自分のセンスを総動員して選ぶということなのだ。

まだ中学生だった頃から、わたしはずっとそう確信してきた。そして、自分には服を選ぶセンスが、ほかの人よりあると考えていた。

けれど……その確信は今、ゆらゆらと大きく揺らいでいる。

「このワンピース、悪いわけじゃないけど、無難すぎて、ちっとも面白みがないですよね？　店長もそう思いませんか？」

ロング丈のワンピースを手にしたさやかが、エキゾチックな顔をしかめるようにしてわたしの同意を求めた。

「事なかれ主義の佐伯がバイヤーだからね……しかたがないよ。センスが悪いわけじゃないけど、あいつには冒険なんかできないんだよ」

丁寧に化粧が施されたさやかの顔や、エクステンションがぎっしりとつけられた目を見つめ返し、わたしは呆(あき)れたような顔をして頷いて見せた。

新堂さやかは、わたしより十一歳年下の二十三歳だ。少し化粧が濃すぎる気もするが、コケティッシュな雰囲気を漂わせた綺麗で魅力的な子だ。さやかは明るくて朗らかで、とても仕事熱心で、言葉遣いが丁寧で、どこで習ったのだろうと思うほどうまく接客をする。SNS上では『アストランティア青山店』のカリスマ店員として知られていて、ここには彼女目当てでやって来る客も少なくない。

普段の彼女は野心のある素振りをまったく見せない。それどころか、わたしの前ではぼんやりとしていて、少し頭の足りない女の子を演じている。

けれど、本当の彼女は頭が良くて機転が利(き)き、彼女なりの野心があることは知っている。

「こんな面白みのない服じゃなくて、もっと攻めてる服を売りたいなあ。こういう平凡な服をわたしが好きだとお客さんに思われたら、恥ずかしいです。店長もそう思いませんか？」

　さやかがそんな文句を口にしながら、佐伯が仕入れたワンピースをマネキンに着せている時に、まさにその佐伯崇が店の入り口に突如として姿を現した。

「お疲れさまです」

　友好的な笑みを浮かべた佐伯が、店中に響き渡るような大声で言った。

　反射的に店の入り口に視線を向けたさやかの可愛らしい顔に、ひどく驚いたような表情が浮かんだ。

「あっ、佐伯さん。お疲れ様です。あの……そうだ。このワンピースなんですけど、すごくいいですね。お客さんになんて売らずに、自分で買いたいぐらいです」

　ついさっき口にした言葉とは裏腹に、さやかがそう言ってマネキンに着せたばかりのワンピースを指差した。

　わたしはその変わり身の速さに呆れてしまった。

「ああ、ありがとう」

　気のない口調でそう言うと、佐伯崇がわたしに視線を向けた。

「お疲れさん、佐伯。ところで、こんな時間に何をしに来たの？　自分の商品がどこに陳列されているか、確認しに来たわけ？」

佐伯に挑むような視線を向けて私は言った。

「怖いなあ。伊藤（いとう）さんだって、いつも店舗をまわって、自分が仕入れた商品がどこに、どう陳列されているか、いちいち確認していたじゃないですか？」

わたしより六つ年下の佐伯が、おずおずとした口調で言った。お坊ちゃん育ちの彼には、気の弱いところがあった。

「そういえば、店長、バイヤーだったんですよね？」

さやかがわたしに笑顔を向けた。ルージュに彩られた唇のあいだから、不自然なほどに白い歯が覗（のぞ）いた。

わたしがバイヤーを辞めさせられたのは、さやかが入社する前のことだった。

「この人、自分が仕入れた商品がいいところに置かれていないと、顔を真っ赤にして怒ったんですよ。あのおっかない顔を新堂さんにも見せたかったなあ。伊藤さん、目を吊り上げて、ものすごい剣幕だったんだから」

笑みを浮かべた佐伯が言い、「なんとなく、わかります。店でもそうですから」とさやかが笑いながら応じた。

「佐伯に監視されなくても、ちゃんと売るから、ご安心ください」

つっけんどんな口調でわたしは言った。けれど、心の中では『こんなつまらないワンピース、売れるわけがないじゃないか』と悪態をついていた。

そんなわたしに佐伯が顔を近づけてきて、わたしは反射的に顔を背けた。

「ところで、伊藤さん、ミーティングルームでのことですけど……社長の前で変なことを言わないでくださいね」

佐伯が囁く（ささや）ような小声で言った。

「あんたがつまらないものを買いつけてくるからでしょう?」

「つまらないものって……ひどいなあ」

「だってそうじゃない。こんなつまらない商品、お客に勧めるのが恥ずかしいよ」

吐き捨てるかのようにわたしは言った。

「お言葉ですけどね、伊藤さん……何ていうか、あの……伊藤さんの出した膨大な損失を、僕がカバーしているんだって……あの……そのことは、伊藤さんにだってよくわかっていますよね?」

わたしを見つめた佐伯が遠慮がちに言い、思わずわたしは口をつぐんだ。

それを言われると、返す言葉が見つからなかった。かつてわたしがバイヤーとして仕入れた商品の多くは、どの店舗でも信じられないほど売れず、いくら値引きをしても手に取る客もおらず、最後には不良在庫として倉庫の片隅に高々と積み上げられ、挙げ句の果てには廃棄物として業者に引き取られていったものだった。

そう。『アストランティア』の経営がここまで傾いてしまった責任の一端は、不良在庫の山を築いたこのわたしにもあるのだ。

自信満々で仕入れた商品の多くが売れ残り、『ゴミ』として廃棄されたことに、わたしは徹底的に打ちのめされた。それはまるで、自分の子供が『ゴミ』だと言われているような気持ちだった。それどころか、今までのお前の人生はすべて間違いだったと、全人格を否定されたかのような気分だった。

『おい、真知子、八十パーセント引きでも売れないものを仕入れるなよ』

そう言って、途方に暮れたような表情でわたしを見つめた北村圭吾の顔を、わたしは今もはっきりと思い出すことができた。

「こんなことを言うと、伊藤さんは怒るかもしれませんけど……僕は伊藤さんとは違って、冒険をするようなものではなく、確実に売れる商品を仕入れているんですよ。不良在庫がいかに会社の足を引っ張るかは、よくわかっていますから」

追い討ちをかけるように佐伯が言った。

わたしにできたことは、「わたしのために申し訳ありません」と、精一杯の皮肉を込めて口にすることだけだった。

佐伯が店を出て行く時に、商品のジャケットを身につけたさやかを振り返り、「新堂さん、二十二日の件だけど、よろしくね」と親しげな口調で言った。

「はい。わかってます」

満面の笑みで、さやかが佐伯を見つめた。その耳元で大きなピアスが揺れて光った。さやかは左右の耳に五つずつのピアスホールを空けていた。

「それじゃあ、その時にまたね」

やはり親しげにそう言うと、佐伯は店を出て行った。

「佐伯から何か頼まれてるの？」

自分が仲間外れにされているように感じて、わたしはさやかに訊いた。

「オンラインショップの宣伝会議に出るように言われてて……」

佐伯が仕入れたジャケットを羽織ったさやかが、言い訳をするかのように言った。

「オンラインショップの宣伝会議？　何それ？　わたしは呼ばれていないけど……」

微かな苛立ちが胸に込み上げてくるのを感じながら、わたしはそう口にした。店長のわたしではなく、一店員にすぎないさやかが、大事な会議に呼ばれていることに納得がいかなかったのだ。

「店が終わってからですよ。面倒くさいですよ。行きたくないですよ」

濃密な化粧が施された顔を、大げさにしかめてさやかが言った。けれど、彼女がそう思っていないことは明らかだった。

そう。さやかはわたしに『勝った』と思っているに違いなかった。

そんなわたしの気持ちを知ってか知らずか、さやかは何事もなかったかのようにスマートフォンで、鏡に映った自分の姿を撮影し始めた。

「店長も一緒に撮りませんか?」

屈託のない口調でさやかが言った。

「いいから、仕事をして」

わたしは言った。無意識のうちに、その口調が刺々しくなっていた。

「これも仕事ですよ。お店のインスタ用ですから」

抗議するかのようにさやかが言った。

カリスマ店員である彼女がInstagramにアップしている写真に少なからぬ宣伝効果があることは、わたしにもよくわかっていた。スマートフォンを手にした客が、さやかがアップした服やアクセサリーの写真を見せて「これが欲しいんですけど」と言うことも少なくなかった。

「そう？　あの……それならいいの」

「どうして店長はインスタにアップしないんですか？」

仕事を再開したわたしに向かって、さやかが言葉を続けた。「店長、スタイルがいいし、すごく綺麗なのに……」

その言葉に、わたしは曖昧な笑みを浮かべた。何と返事をしていいか、わからなかったのだ。

3

午後九時すぎに商品の陳列がようやく一区切りした。残りはあしたの開店前にやればよさそうだった。

わたしはさやかに先に帰ってもらうことにして労いの言葉をかけた。

「新堂さん、遅くまでありがとう。もう帰っていいよ。あしたもよろしくね」

「最後まで済ませちゃいましょうよ。わたしは大丈夫ですよ」

少し疲れた顔をしたさやかが言った。

「うん。でも、残りはあしたの朝、ふたりでやりましょう。残業代も満足に出ないのに、そんなに働かせるわけにはいかないよ」

「そうですか？　それじゃあ、お言葉に甘えさせてもらいます」

そう返事をしたさやかの顔には、ホッとしたような表情が浮かんでいた。

わたしも一緒に帰りたかった。けれど、わたしにはまだ店長として事務処理の作業があったから、帰るわけにはいかなかった。

店内は禁煙だった。けれど、さやかが店を出て行くとすぐに、わたしはアイコスを取り出した。ひとりで事務処理をしている時には、わたしはいつもこうしてアイコスを吸っていた。

「やだ……やだ……やだ……」

無意識のうちに、わたしの口からはそんな言葉が発せられていた。

いつの頃からか、それがわたしの口癖になっていたのだ。

結局、事務処理を終えたわたしが店を出たのは、午後十一時をまわっていた。

最寄り駅の『青山一丁目』に向かって、わたしはパンプスの高い踵（かかと）をコツコツと鳴らしながら、幅の広い歩道を足早に歩いた。ミニ丈のスカートから突き出した脚のあいだを、冷たく乾いた風が絶え間なく吹き抜けていった。

いつも人で賑わっている青山通りも、この時間になるとさすがに人通りは少なくなっていた。けれど、ビルの屋上や側面では今も、洋服やバッグや化粧品やアクセサリーなどの広告の数々が強いライトを浴びて、人々の購買意欲を掻き立てようとしていた。歩道に面した店のショーウィンドウに並べられたマネキンたちも、眩いほどの光に照らされ続けていた。

初めて夜の東京を歩いたのは、いつだっただろう？　その時、わたしはどんな服を着ていて、どんな靴を履いていたのだろう？

コートの合わせ目を押さえ、少し前屈みになって歩きながら、わたしはなぜか、そんなことを考えた。

あれはたぶん、今から十四年前の四月のことで、二十歳になって一ヶ月ほどしか経っていない頃のことだったのだろう。

あの頃、二十歳だったわたしは、自分にならば何でもできるような気がしていた。

そう。わたしは若かったのだ。とてつもなく若かったのだ。

今のわたしから見たら、あの頃のわたしはとんでもなく世間知らずで、とんでもなく未熟で、とんでもなく的外れで、そして……とんでもなく元気で、とんでもなく明るくて、とんでもなく無邪気だったのだ。

十四年後に自分がこんな惨めなことになっているとわかったら、あの頃のわたしはどう思っただろう？

そんなことを考えたら、二十歳の自分に申し訳がなくて、泣くつもりなんてなかったのに、目頭が熱くなってきた。


わたしは真知子。伊藤真知子。誰ひとり『おめでとう』とは言ってくれなかったけれど、まさにきょうが三十四歳の誕生日だった。

わたしは栃木県の片隅の小さな町で生まれ、二十歳で服飾の専門学校を卒業するまでその小さな町で育った。

服飾の学校を選んだのは、服が好きだったからだ。自分のファッションのセンスに自信を持っていたからだ。

専門学校を卒業したら東京に行く。東京に行って、青山か銀座か、渋谷か代官山で働く。日本のファッションの中心地こそが、このわたしには相応しい。

あの頃のわたしはそう考えていた。

東京は幼い頃からの憧れだった。東京に行きさえすれば、そこで素晴らしい何かと、運命的に出会えるような気がしていた。

専門学校を卒業後に、わたしは第一希望だった東京に本社のある大手アパレルに就職し、そのアパレルの店舗のひとつで販売員として服に囲まれて働き始めた。

人見知りのところのあるわたしには、接客の仕事は向いていないのではないか。

卒業前にはそんな不安もなくはなかった。けれど、その不安とは裏腹に、わたしは販売員としてなかなかの成果を上げ、二年ほどで店長として郊外の店舗のひとつを任されるようになった。当時、会社では最年少の店長だった。

会社から期待されていることが嬉しくて、わたしはさらに一生懸命に働いた。そのことが認められ、二年後にわたしは都内の大きな店舗に異動になり、そこでも店長として何年か働いた。そうするうちに、また新しい辞令が出て、今度は銀座にある旗艦店の店長補佐という重職に抜擢(ばってき)された。銀座店への異動が決まったのは、二十六歳の時だった。

あの頃のわたしは、毎日、大きなやり甲斐(がい)を感じていた。朝、目を覚ますたびに、きょうはどんな一日になるのだろう、どんな出会いがわたしを待っているのだろう、店にはきょう、どんな服が届けられるのだろうと思って、ワクワクとした気持ちになったものだった。

とても忙しい毎日だったし、仕事の重圧や職場での人間関係のストレスも感じていた。けれど、あの頃は私生活も充実していた。わたしにはあの頃、同じ会社で営業を担当していたふたつ年上の恋人がいて、結婚を前提に真剣な交際を続けていた。

あの頃、わたしの目には明るい未来しか見えていなかった。自分だったら何をやっても、うまくいくような気がしていたのだ。

セレクトショップ『アストランティア』の経営者だった北村圭吾から、『うちで働かないか？』と声をかけられたのは、そんな時だった。

北村が二十代だった頃に興した『アストランティア』は、当時、破竹の勢いで進撃を続けていて、都内に次々と新店舗をオープンさせていた。あの頃の北村は三十代の半ばで、とても元気で、生き生きとしていて、わたしの目には『命そのもの』というようにさえ映った。

今の会社がわたしに大きな期待を寄せていることははっきりと感じていたから、わたしはひどく迷った。けれど、すぐに北村と一緒に働こうと決意した。『俺には伊藤さんの力が必要なんだ。いずれは君に経営のパートナーになってもらいたいと思っているんだ』という北村の言葉が決め手だった。

恋人と別れたのは、『アストランティア』に転職した直後のことで、わたしは二十八歳だった。

『こんなことを言うと、真知子は傷つくかもしれないけれど……真知子との結婚生活は、どうしても考えられないんだ。結婚するなら、もっと家庭的な人がいいと気づいたんだ』

それが彼の別れの言葉だった。

わたしは彼が大好きだったし、いつかは彼と家庭を持ちたいと考えていた。だから、別れを告げられた時にはひどく驚いたし、取り乱しもした。彼と別れた翌日は風邪をひいたと嘘をついて会社を休み、ベッドの中でずっと泣いていたものだった。

けれど、あの頃のわたしはすぐに立ち直ることができた。『アストランティア』での仕事が楽しくてならなかったのだ。引き抜かれてすぐに、北村はわたしを旗艦店のひとつである代官山店の店長に抜擢してくれた。

あの頃の北村はわたしのセンスをものすごく買ってくれていて、商品を仕入れる時にはわたしの意見を必ずと言ってもいいほど頻繁に取り入れてくれた。それだけでなく、次はどんなものを仕入れればいいのか、細々（こまごま）とした相談を受けることも少なくなかった。

　当時の北村は自分の仕入れのセンスに並々ならぬ自信を持っていて、人の意見になど、これっぽっちも耳を貸さなかった。専制君主だったその北村が、新入社員であるわたしの意見をしばしば取り入れていることに、あの頃の『アストランティア』ではみんなが驚いていたものだった。

　古くからいる店長たちの何人かは、わたしに嫉妬の目を向けていた。あからさまな意地悪をする店長もいた。

　けれど、わたしは他人の目なんて気にしなかった。

　やがて北村がわたしに、バイヤーになってくれないかと言った。「真知子、俺に力を貸してくれ。今のアストランティアには、お前の力がどうしても必要なんだよ」と。

　あの晩のことは、よく覚えている。あれはわたしの人生で、最高の夜だったから。そう。商品となる品物を自分の目で選び、それを買いつけるということは、わたしの目標のひとつだったのだ。

　あの晩、『アストランティア』の本社を出て帰宅するわたしは、スキップをしたいような弾んだ気持ちになっていた。自分では見えなかったけれど、わたしの顔には、テストで満点をもらった子供のような笑みが浮かんでいたに違いなかった。

　その帰り道に、わたしは百貨店のワイン売り場に立ち寄り、高価なシャンパーニュを買って自分のマンションに戻った。そして、洒落たフルートグラスに黄金色のシャンパーニュをなみなみと注ぎ入れ、希望に満ちた自分の未来のためにひとりで乾杯をしたものだった。

半年後に、わたしは何をしているのだろう？　一年後の自分は、どんなことをしているのだろう？　二年後は？　三年後は？

あの晩、わたしは満ち足りた気分に浸りながら、これからもっといいことが次々と訪れるのだと考えていた。そして、いいことが起きるたびに、こんなふうにシャンパーニュで乾杯をすることになるのだろう、と。

けれど、今になって思えば、あの晩がわたしの人生の頂点だったのかもしれない。その後のわたしは山の頂上から下山する登山者のように、ずっと下り坂ばかりを歩き続けているのだから。

4

地下鉄を降りて地上に出ると、わたしは自宅のマンションへと向かって足早に歩いた。

恋人と別れてすぐに、わたしはそれまで暮らしていた杉並区内のマンションの部屋を引き払い、渋谷区の外れにある今の部屋に引っ越した。デザイナーズの洒落たマンションの八階の一室で、三十平方メートルほどの１ＬＤＫだった。

時間の経過とともに、気温はぐんぐん下がっているようだった。吹き抜ける風も一段と冷たくなっていて、駅から五分ほどの自宅に着いた時には、春物のミニスカートにスプリングコートという格好のわたしは体の芯（しん）まで冷え切っていた。

自室に戻ったわたしは、いつものように、すぐにエアコンのスイッチを入れ、ブランド物のショルダーバッグをソファに無造作に投げ出した。そして、いつものように、真っすぐに冷蔵庫に向かうと、そこから五百ミリリットルの缶ビールを取り出し、冷蔵庫の前に立ったまま喉（のど）を鳴らして飲んだ。

かつてのわたしは、お酒はそんなに飲まなかった。食事をしながら、軽くたしなむという程度だった。

けれど、今はどんなに体が冷え切っていても、帰宅するといちばんで、こんなふうに冷たいビールをあおるように飲むというのが日常になっていた。何もかもが思った通りにならず、いいと思ってやったことがみんな裏目に出て、お酒でも飲まなければ、やっていられない気分だったのだ。

ビールの缶を手にしたまま、蹲（うずくま）るかのようにソファに腰を下ろす。わたしの体重を受けたソファが沈み込み、タイトなスカートの裾が大きくせり上がる。薄いストッキングに包まれた太腿(ふともも)のほぼすべてが剝(む)き出しになる。

ビールを飲み続けながら、傍にあったバッグからアイコスを取り出し、ホルダーにスティックを差し込む。強く吸い込み、長く煙を吐き出す。室内にぼんやりと視線を巡らせる。

かつてのわたしはインテリアにも強いこだわりがあって、気に入ったテーブルウェアや、アクセサリーなどの数々をアンティークのガラス棚に陳列するみたいに並べていたものだった。

決して裕福ではなかったけれど、わたしは磁器製品やガラス製品が好きだったから、ボーナスが出るたびに百貨店や専門店に行き、フランスやドイツ製のテーブルウェアを買い揃えていた。あの頃、わたしのお気に入りだったのは、バカラやラリックのガラス製品と、マイセンやビレロイ&ボッホの磁器製品だった。クリストフルの銀製のカトラリーもよく購入していた。

アクセサリーには特別に好きなブランドというものはなかった。それでも、仕事で何かいいことがあるたびに、青山や銀座の専門店に足を運び、海外の高級ブランドの高価なアクセサリーを買っていた。

あの頃、わたしに言い寄ってくる男たちが何人かいた。その多くがファッションの業界で働いている男たちだった。その中にはかっこよくてハンサムな男もいたし、金まわりのいい男もいた。

そんな男たちの何人かとは、何回か一緒に食事をしたり、映画を見に行ったり、買い物に行ったりした。けれど、結局、わたしは誰とも付き合わなかった。彼らと一緒にいても、少しもときめかなかったからだ。

できることなら、ときめきを持って異性と交際をしたかった。そして、ときめくような人と結婚し、その人と楽しい家庭を築きたかった。

あの頃のわたしは室内を隅々まで掃除し、休日はこの部屋で好きなものに囲まれて、ゆったりとした気持ちですごしたものだった。

けれど、ここ数年は何となく投げやりな気分に支配されていて、室内はどことなく散らかっていた。以前は休日ごとにしていた掃除も、今は月に一度くらいしかしなくなっていた。新しいテーブルウェアやアクセサリーを買うことも、めったにしなくなった。ここ一年ほどは、言い寄ってくる男もいなくなった。

渇いている。わたしはいつも渇いている。

この渇きは何をしても癒えない。

潤いたい。渇きを癒やしたい。

わたしはずっとそれを望んでいる。

けれど、その方法がわからない。どれほど考えても、わたしにはわからない。

そして、わたしはまた渇く。一日ごとに、より渇く。

この渇きが癒える日は、いつか来るのだろうか？


だらしない格好でソファにもたれ、アイコスをふかしながらビールを飲み続けていると、ふと、新堂さやかの言葉が頭の中に甦（よみがえ）った。

『どうして店長はインスタにアップしないんですか？　店長、スタイルがいいし、すごく綺麗なのに……』

濃密な化粧が施されたさやかのコケティッシュな顔を思い浮かべながら、わたしはバッグからスマートフォンを取り出し、さやかのInstagramにアクセスした。さやかは本名の『sayaka_shindo』というアカウントでInstagramをやっていた。

すぐにスマートフォンの画面に、さやかのページが表示された。それを見た瞬間、わたしはひどく驚いて「えっ、本当だったの？」と呟いた。

さやかをフォローしている人の数が、一万人を大きく超えていたからだ。

「一万人超えって……一万もの人が見ているっていうことよね？　どうして？　すごいじゃない」

わたしは声に出してそう言った。

さやかから聞いていたことではあったが、あのさやかが本当に一万人を超える人々の注目を浴びているという事実を目の当たりにして、わたしは心の底から驚いていたのだ。空になりかけているビールの缶を傍に置くと、わたしはアイコスをふかし続けながら、スマートフォンの画面を指先でスクロールし始めた。

さやかのInstagramにわたしがアクセスするのは、実に久しぶりのことだった。というより、それをちゃんと見るのはこれが初めてのような気もした。わたしは他人のＳＮＳになんて、まったく興味がないのだ。

さやかがアップしている写真の大半は、青山の『アストランティア』の店内で、店の商品を身につけている自分の姿を自分で撮影したものだった。けれど、それだけではなく、プールサイドやビーチでビキニの水着を着ている写真も何枚もあった。水着姿のさやかを目にしたのは、これが初めてだった。

トライアングル形の小さなビキニを身につけたさやかは、胸がかなり大きくて、ウェストが細くくびれていて、首と手足がすらりと長く、とてもセクシーで女らしい体型をしていた。さやかの臍(へそ)ではハート形をした金のピアスが光っていた。骨ばった足首にも、華奢(きゃしゃ)な金のアンクレットが巻かれていた。

どの写真も『いいね』の数は多かったけれど、ビキニの写真はその数が群を抜いて多かった。『いいね』だけでなく、コメントも数え切れないほどもらっていた。そのほとんどすべてが、さやかのスタイルの良さを褒めるものだった。

『可愛いーっ!!』『さやかさん、すごく色っぽいです』『どうしてそんなにスタイルがいいんですか?』『同性なのに、美しいおみ足から目が離せません』『そのビキニ、アストランティアにまだありますか?』

コメントの数々を読んでいると、女たちの甲高い声が聞こえてきそうな気がした。

さやかのInstagramには、そのほかにも、友人らしい女たちと食事をしている写真もあったし、ディズニーランドや動物園で笑っている写真もあった。ボーイフレンドらしい若い男とふざけている写真も何枚かあった。

惰性で嫌々ながら写しているだけのわたしの写真とは違い、さやかのそれはさまざまな加工が施されていて、とても明るくて見映えがした。

「それにしても、一万人とは……これじゃあ、楽しくて、やめられないだろうね」

わたしはまた、誰にともなく呟いた。

きっと、さやかは渇きを覚えたりはしないのだ。わたしとは違い、潤っているのだ。

さやかがアップしている写真や動画の数々をしばらく眺めていたあとで、今度はわたし自身のInstagramにアクセスしてみた。

『伊藤真知子／Select Shop『アストランティア』バイヤー。最新ファッション情報など』

わたしのInstagramの画面はそんなふうに始まっていて、その下に商品を身につけたわたしの写真が掲載されていた。

けれど、その写真はどれも、さやかに比べるとひどく地味で、かなり見劣りがした。わたしをフォローしている人の数は、さやかのフォロワー数の二十分の一にも満たなかった。

「ああっ、馬鹿馬鹿しい……」

吐き捨てるかのように言うと、わたしはスマートフォンをソファに投げ出して立ち上がった。浴槽に湯を溜め、冷蔵庫に新しいビールを取りに行くつもりだった。

最近のわたしは帰宅すると、入浴前に五百ミリリットルの缶ビールを立て続けに二本飲んでいた。もちろん、入浴後にも一本か二本のビールを飲んでいた。

5

暖房のない洗面所は寒いので、わたしはエアコンの吹き出し口のすぐ下に立って、カーディガンを脱ぎ、ブラウスを脱ぎ、タイトなミニスカートとパンティストッキングを脱ぎ捨てた。浴室のほうからバスタブに湯が溜まったというアナウンスが聞こえたから、お風呂に入るつもりだったのだ。

服を脱ぎながら、わたしは二本目のビールを飲み続けていた。

『こんなことを言うと、真知子は傷つくかもしれないけれど……真知子との結婚生活は、どうしても考えられないんだ。結婚するなら、もっと家庭的な人がいいと気づいたんだ』

缶の底に残っていたビールを飲み干した瞬間、急に恋人だった男の言葉が脳裏に甦った。

恋人と暮らしていた時には、たとえ彼が不在でも、お風呂に入る時に洗面所以外の場所で服を脱ぐことは絶対にしなかった。それはひどくだらしなくて、行儀の悪いことに感じられたから。けれど、ひとりで暮らすようになってからは、わたしはいつもこの部屋で無造作に服を脱ぎ捨てていた。

下着だけの姿になると、背中に手をまわしてブラジャーのホックを外しながら、脱衣所を兼ねた洗面所へと向かった。暖房のない洗面所の空気はひんやりとしていたけれど、二本のビールが体を温めてくれたのか、寒さはほとんど感じなかった。

洗面所に入ると、大きな鏡に下着姿のわたしが映った。ホックを外したブラジャーがショルダーストラップだけでぶら下がり、カップのところから小豆色（あずきいろ）をした乳首が見え隠れしていた。きょうのブラジャーはライトブルーだったけれど、ショーツは薄いピンクだった。小さな化繊のショーツの薄い生地の向こうに、縮こまった黒い毛がうっすらと透けて見えていた。

鏡の中のわたしは、かなり酔っ払ったような顔をしていた。目は真っ赤に充血し、口元がにやけていた。

「スタイルがいいし、すごく綺麗なのに……」

店にいる時にさやかが言った言葉を、口に出して呟いてみる。

さやかが言った通り、三十四歳になった今も、わたしはモデルのようにすらりとした体つきをしている。ウエストはさやかに負けないくらいに細いし、二の腕や下腹部にも贅肉と呼ばれるようなものはまったくついていない。脇腹には肋骨（ろっこつ）がうっすらと透けていて、鎖骨が浮き上がり、左右の肩は少女のように尖（とが）っている。

「色っぽいわね、真知子。うん。すごく色っぽい。あんたもまだまだ、捨てたものじゃないよ」

酔った顔をした鏡の中の女が、下品な笑みを浮かべながら、少し舌を縺れさせて言った。

「こんなにセクシーな体なのに、誰も見てくれないなんてもったいないね。宝の持ち腐れだよ」

そう口にした瞬間、わたしは急にあることを思いついた。

下着姿で部屋に戻る。

ソファに投げ出されていたスマートフォンを手に取り、それを持って再び洗面所へと向かう。

スマートフォンのカメラ機能を立ち上げる。

そのレンズを洗面台の上の鏡へと向ける。

そこには下着姿のほっそりとした女が映っている。

スマートフォンを手にした女の、酔っ払っているような顔を見つめる。赤い目をした女が、下品な笑みを浮かべてわたしを見つめ返す。

ジェルネイルに彩られた指先で、シャッターの部分にそっと触れる。カシャッというシャッター音が響く。胸がドキンと高鳴る。

やってはならないことをしている。わたしは今、馬鹿なことをしている。

そんな思いが、頭をよぎる。

それでも、わたしは再びシャッターに触れる。さらに触れる。触れる。触れる。触れる。

カシャッ……カシャッ……カシャッ……カシャッ……。

狭い洗面所の中に、無機質なシャッター音が繰り返し響く。胸の高鳴りがどんどんと増していく。

「いったい、何をしているの？　そんな写真を撮ってどうするつもりなの？」

わたしは自分に問いかける。

自分がとても馬鹿馬鹿しいことをしているのは、わたし自身にもよくわかっている。それでも、わたしは下着姿の自分を撮り続ける。

「真知子、あんた、何をするつもりなの？　こんな写真を撮って、いったいどうするの？」

わたしの中に残っている冷静な部分が……真面目で仕事熱心で、夢と希望に満ちていた頃のわたしの名残が、さらに自分に問いかける。「馬鹿なことはやめて、さっさとお風呂に入りなさい。あしたも早いのよ。さっさとお風呂を済ませて眠りなさい」

けれど、やめることができなかった。いつの間にか、自分の下着姿を撮影することに興奮して、わたしは夢中になっていたのだ。

そう。わたしは興奮していた。性的な高ぶりに似た気持ちを抱いていた。それはまるで、男たちの前でステージに立ち、身につけているものを一枚一枚、脱ぎ捨てているかのような気分だった。

カシャッ……カシャッ……カシャッ……カシャッ……。

狭い洗面所にシャッターの音が響くたびに、体がどんどん熱くなっていく。股間がじっとりと潤み始めたのがわかる。

右手でスマートフォンの操作を続けながら、思わず小さなショーツの中に左手を差し込む。薄い生地の向こうに、ほっそりとしたわたしの指と、小指に嵌めたプラチナのピンキーリングが透けて見える。

指で股間をまさぐる。濃密な分泌液が指先にねっとりと絡みつく。

「あっ……いやっ……」

わたしは思わず、男性器の挿入を受けた時のような声を漏らす。その場にしゃがみ込み、スマートフォンを投げ出して、無我夢中で股間をまさぐる。無我夢中で乳房を揉みしだく。

「うっ……いやっ……ああっ……」

わたしの口からは淫らな声が漏れ続ける。その声を抑えることができない。

普段のわたしは自慰行為なんてしない。けれど、今夜はそれをせずにはいられなかった。

自撮りをするという行為が、わたしの中に眠っていた性的欲求に火を点けたようだった。

わたしがこれほどの性的高ぶりを覚えたのは、実に久しぶりのことだった。

「あっ……うっ……あっ……あああっ……」

狭い浴室に淫らな女の声が響く。絶え間なく響き続ける。

浅ましい。

そんな言葉が脳裏をよぎる。

けれど、わたしにはもう何も考えられない。何も考えず、押し寄せる快楽の波に身をまかせる。

6

北風が冷たかった前日とは打って変わって、きょうは南から暖かな風が流れ込んでいた。気温も朝からぐんぐんと上がって、春の訪れを感じられるような日となった。青山の街を行き交う人々の多くが前日よりずっと薄着で、着ている服の色も明るくて、何となく浮かれたような表情をしているように感じられた。

けれど、わたしはいつものように、朝から溜め息ばかりついている。頑張らなければならないと頭ではわかっているのだが、どうしても体に力が入らない。

「店長、また溜め息ですよ。溜め息はやめてくださいって、いつも言っているでしょう？　店長の溜め息を聞くと、元気なわたしまで気分が悪くなりますから」

客を送り出して笑顔で戻ってきたさやかが、わたしの溜め息に気づいて顔をしかめる。

コケティッシュなさやかの顔には、きょうも濃密な化粧が施されている。その華奢な体からは柑橘系(かんきつけい)の果物の香りが仄(ほの)かに漂っている。

「うん。ごめん……気をつける」

苦笑いして、わたしは言う。けれど、その直後に、こちらに背を向けたさやかの背後で、わたしはそっと溜め息をついている。

すぐにまた、客がふたりで入ってきた。二十代の半ばに見える、ミニスカートにショートブーツという格好をしたお洒落な女たちだった。

「いらっしゃいませ」

さやかが満面の笑みを浮かべて客たちに歩み寄り、腰を深く曲げて頭を下げる。長くてつやつやかな栗色の髪が、光りながらはらりと垂れ下がり、その先端がフローリングの床に触れそうになる。

「こんにちは、さやかさん」

客のひとりが嬉しそうに言う。

「こんにちは、飯塚さん。お元気でしたか？　こないだお買い求めくださったブラウス、気に入っていただけましたか？」

さやかが嬉しそうに答える。

「ええ。ものすごく気に入っています。さやかさんが選んでくれたものは、いつも間違いがなくて助かります」

客の女が甲高い声で言い、わたしはその女の顔を見つめる。何度か目にしたような気がするから、常連客のひとりなのだろう。

仕事熱心で記憶力のいいさやかは、客の顔と名前を覚えているだけでなく、彼女たちの好みや、買っていったものも細かく覚えている。

その姿が、かつての自分のそれと重なる。

そう。かつてのわたしも今のさやかのように、店を訪れた客たちのことをよく覚えていて、客が好きそうなものを言われる前に棚から取り出したものだった。

『アストランティア』はどの店も売り上げが激減していて、この青山店も例外ではなかった。けれど、ほかの店舗に比べると、青山店は健闘していた。

もちろん、青山店の売り上げを支えているのは店長のわたしではなく、カリスマ店員のさやかだった。そのことは社長の北村やバイヤーの佐伯だけでなく、社員の誰もがわかっているはずだった。

熱心に接客をしているさやかの声を聞きながら、わたしはレジカウンターの後ろに座り、人目を忍ぶようにしてスマートフォンの操作を続けている。

わたしはふだん、店にいる時には、スマートフォンにはほとんど手を触れない。電車に乗っている時にも、スマートフォンを手にすることはめったにない。スマートフォンばかりいじっているような人が、わたしは何となく好きになれないのだ。

けれど、きょうは朝起きてからずっと、わたしはスマートフォンをいじり続けている。その理由は、昨夜、Twitterに新しく作ったもうひとつのアカウント、いわゆる『裏アカ』を見るためだった。


さやかが熱心に接客しているのをちらりちらりと見ながら、レジカウンターの下でスマートフォンを握り締める。Twitterにアクセスし、昨夜から始めた『もうひとつのアカウント』の画面を見つめる。

きょう、わたしがそれを見るのは、十五回目……いや、すでに二十回を超えているかもしれない。

『March』

それがわたしのもうひとつのアカウント、『裏アカ』のアカウント名だ。そこには昨夜、酔っ払って撮影した下着姿の写真が何枚かアップされている。

顎（あご）から上の部分は写っていないし、乳首もブラジャーのカップの陰にギリギリ隠れている。けれど、どの写真もとてつもなく淫らで、言いようもないほどに猥褻（わいせつ）だ。もし、これがほかの女のSNSだったら、わたしは間違いなくその人のことを、『欲求不満の淫乱女』だと決めつけるはずだった。

店の宣伝のために、わたしはInstagramだけでなく、Twitterにも『アストランティア』の商品を身につけた自分の写真をアップしている。けれど、始めてから二年近くが経つというのに、そちらのフォロワー数はいまだに五百人に満たない。

それなのに、昨夜、Twitterで始めたばかりの『裏アカ』のフォロワーは、なんと、すでに千人を超えている。ダイレクトメールも続々と届き続けている。

『うわーっ、色っぽい!』『ウエスト細いなーっ!』『もっと見たいよー』『吸いたい。舐（な）めたい。しゃぶりたい。やりたい』『Marchさん、下半身も見せてください』『顔が見たい。きっと美人なんだろうなあ』

こんなにも短いあいだに、千人を超える人たちがわたしを見たのだ。千人を超える人たちがわたしを見て、性的興奮を感じたのだ。今まさに、この瞬間にも、スマートフォンを手にした誰かが、この地球のどこかでわたしの下着姿を見て、『いいね』を押し続けているのだ。

そう思うと、気持ちがひどく高ぶった。

こうしているあいだにも、『いいね』はどんどんと増え続けている。

『いいね』『いいね』『いいね』『いいね』『いいね』『いいね』『いいね』『いいね』『いいね』『いいね』『いいね』『いいね』『いいね』『いいね』

それを見ているだけで、心が弾むような気になる。

「店長っ！　すみませんっ！」

さやかの声が耳に届き、わたしはいたずらの現場を見つけられた子供のように、ビクッと体を震わせる。

「はい。あの……なあに？」

スマートフォンを隠し、ぎこちない笑みを浮かべて顔を上げる。

「これのサイズ違いって、吉祥寺店にまだありましたっけ？」

春物のワンピースを掲げたさやかが笑顔で尋ねる。

若いさやかが店の売り上げを伸ばすために、一生懸命、接客に励んでいるというのに、彼女より十一も年上で、おまけに店長であるわたしが、くだらないことをしてサボっている。

そんなふうに考えて、わたしは強い自己嫌悪を覚える。

「ちょっと待ってね。確認してみる」

努めて明るい口調でそう言うと、わたしは吉祥寺店に電話を入れるために、レジカウンターの上の受話器を持ち上げる。

7

自宅への帰り道。帰宅するサラリーマンやＯＬでひどく混雑する地下鉄の車内で、わたしは少しぬるぬるとする吊革に摑（つか）まっている。爪先を締めつけるパンプスの痛みを覚えながら、目の前の窓ガラスに映っている女の顔を見つめている。当たり前のことだけれど、窓ガラスの中の女もまた、わたしの顔をじっと見つめている。

わたしの目にも、その女はなかなか美しく見える。目が大きくて、鼻の形がよくて、唇がふっくらとしていて、顎がシャープに尖っている。女は首が長くて、すらりとした体つきをしている。スプリングコートを羽織っていても、スタイルがいいことがはっきりと見て取れる。肩の長さで切り揃えられた髪は、つややかでとても綺麗だ。

けれど、その女は疲れ切ったような表情をしていて、その顔には生気というものがほとんど感じられない。目の下にはファンデーションでは隠しきれない隈が、うっすらと透けている。

そう。わたしは疲れているのだ。疲れ切って、何もかもが嫌になり、消えてしまいたいような気分なのだ。

こんなはずじゃなかったのに……。

わたしはまたそう思う。バイヤーを辞めさせられてからのわたしは、そんなことばかり思っている。

負け組。

そんな言葉が、ふと頭をよぎる。

その通り。わたしは負け組なのだ。夢に挑み、必死で戦い、勝てると考えていたその戦いに敗れ、踏みつけられ、蹴散らされ、自信を完全に失い……これから先の人生を、どんなふうに生きていけばいいのかが、まったくわからなくなっているのだ。

『こんなことを言うと、伊藤さんは怒るかもしれませんけど……僕は伊藤さんとは違って、冒険をするようなものではなく、確実に売れる商品を仕入れているんですよ。不良在庫がいかに会社の足を引っ張るかは、よくわかっていますから』

佐伯の言葉を思い出しながら、わたしはバッグからスマートフォンを取り出す。周りの乗客に覗き込まれないように気をつけながら、きょう、何十回もしたようにTwitterの『March』のアカウントにアクセスする。

フォロワーの数はすでに千五百を超えている。『いいね』の数も、ダイレクトメッセージの数も増え続けている。

『いいね』

SNSなんて馬鹿にしていたはずなのに、そのことに、わたしはまた胸の高鳴りを覚える。

前夜もそうしたように、今夜もわたしは下着だけの姿で肌寒い洗面所に立つ。

今夜のわたしは黒いレースのブラジャーと、お揃いの黒いレースのとても小さなショーツを身につけている。きょう、仕事の帰りに、ランジェリーショップで購入したばかりの下着で、とてもフェミニンなデザインだ。

フェミニン?

いや、エロティックで猥褻と呼んだほうが適切かもしれない。

その下着姿で洗面台の前に立ち、目の前に映った自分の上半身にスマートフォンのレンズを向ける。前屈みになり、胸をことさらに強調してみる。

『スタイルいいなあ』『ブラ取りてえよー』『Marchを抱いてみたい』『エロいなあ』

スマートフォンに届いたそんなダイレクトメッセージの数々が、わたしの頭に次から次へと甦る。

カシャッ……カシャッ……カシャッ……カシャッ……。

洗面所にシャッターの音が響き始める。

今夜は胸だけではなく、下半身にもレンズを向ける。『Marchさん、下半身も見せてください』というリクエストに応えるためだ。

ぴったりとした黒いレースのショーツの中に、わずかばかりの性毛が押し潰されている。それがくっきりと透けて見える。

ほんの少し躊躇したあとで、わたしはシャッターを押す。

カシャッ。

その音が耳に入った瞬間、体がカッと熱くなった。

カシャッ……カシャッ……カシャッ……カシャッ……。

わたしはシャッターを押し続ける。もはや、何も考えない。

カシャッ……カシャッ……カシャッ……カシャッ……。

昨夜と同じように、股間がじっとりと潤み始める。

第二章

1

Twitter上に『March』というもうひとつのアカウント、いわゆる『裏アカ』を作って十日がすぎた。

驚くべきことに、このたった十日でフォロワーの数は五千に達した。

五千だ!!　五千もの人々がわたしを見ているのだ!!

『March』のフォロワーとなっている五千人の多くが、ギラギラとした性的欲望を抱いている男たちのように感じられた。その証拠に、毎日のように送りつけられてくるダイレクトメッセージのほとんどは下品で、えげつなくて、目を逸らしたくなるほどに猥褻なものだった。

けれど、五千人もの男たちの注目を浴びているということに、わたしは喜びにも似た感情を抱いていた。

『いいね』

『いいね』がつけられるたびに、わたしは胸の高鳴りを覚える。

そう。必要とされているのだ。わたしは求められているのだ。

会社で必要とされていないわたしが『必要とされている』と感じられるのは、『March』でいる時だけだった。

送りつけられるメッセージのほとんどは、読むに耐えないような内容のものだった。だが、その中に少し気を惹かれるメッセージを送ってくる人物がひとりだけいた。『ゆーと@rain_you10』というアカウント名の人物だった。

『表のストレスは吐き出せた?』

『もっと自分を解放して』

『本当のMarchは、きっと真面目でひたむきな人なんだろうね。何となく、そんな気がします』

下品なところがなく、ナイーブさが感じられるそのメッセージに惹かれて、わたしは『ゆーと@rain_you10』にアクセスしてみた。

そのアカウントアイコンに掲載されていたのは、ぼさぼさの前髪が目にかかっている男の顔写真だった。目の部分が隠れているから、顔ははっきりとはわからなかったが、若くて整った顔立ちをした男のように感じられた。

彼のプロフィールには二十四歳という年齢が書かれ、『おもしろき　こともなき世におもしろく』という歌が掲げられていた。

わたしの記憶が正しければ、それは高杉晋作が詠んだ有名な辞世の句で、正しくは『おもしろき　こともなき世を　おもしろく』で、その後に『すみなしものは心なりけり』と続くはずだった。

高杉晋作に関心があるくらいだから、彼はそれなりに勉強家なのかもしれなかった。だが、『ゆーと@rain_you10』がTwitterにアップしているのは、空に浮かんだ雲を写した写真ばかりだったから、実際の彼がどんな人物で、どんな暮らしをしているのかは何もわからなかった。

本当に二十四歳なのだろうか？　アイコンの写真は本人のものなのだろうか？　いったい、どんな男の子なのだろう？

わたしは『ゆーと@rain_you10』に思いを巡らせた。

けれど、心を動かされたというわけではなかった。プロフィールに書いてあることが本当だとしたら、彼はわたしより十歳も年下なのだ。仮に、そんな男と会ったとしても、どうなるものでもないはずだった。

わたしは昔から甘えられるのが嫌いで、年下の男が苦手だった。

そう。会いたいと思っていたわけではなかった。それにもかかわらず、『一度だけ会えませんか？』というメッセージが送られてきた時には、わたしは思わずハッとなって胸を高鳴らせた。

2

その晩、自宅のドアを開け、玄関の明かりを灯(とも)した瞬間に、バッグの中のスマートフォンが着信音を発した。

スマートフォンを取り出してみると、『ゆーと@rain_you10』からのダイレクトメッセージが届いていた。

『お帰りなさい。きょうもお疲れさまでした』

えっ？　どうして？

わたしは反射的に室内を見まわした。覗(のぞ)かれているのかと思ったのだ。

けれど、オフホワイトのレースのカーテンは、すべてぴったりと閉じられていた。

わたしはすぐに『ゆーと@rain_you10』に返信をした。Twitterに届いたメッセージに返信をするのは、それが初めてのことだった。

『どうして？』

わたしがそう送信した直後に、またメッセージが届いた。

『えっ？　今帰ってきたところなんですか？』

彼からのメッセージにはそう書かれていた。

玄関のたたきに立ったまま、わたしは彼に返信をした。

『はい。たった今、家に入ったところだったから、すごくびっくりしました。どこかから覗かれているのかと思いました』

わたしがメッセージを送ると、すぐにまた彼からのメッセージが届いた。

『たまたまです。驚かせてしまってすみません』

「なんだ、そうだったのね」

わたしは声に出して呟(つぶや)いた。

ふと気づくと、わたしの顔には笑みが浮かんでいた。

客の前ではいつも無理に笑顔を作っていたけれど、こんなふうに自然に微笑(ほほえ)んだのは、とても久しぶりな気がした。


その晩、ソファで冷たいビールを飲みながら、わたしは『ゆーと@rain_you10』と、かなり長いあいだメッセージのやり取りをした。

『Marchさん、会えませんか？』

彼から送られたそのメッセージは、わたしをひどく戸惑わせた。彼が会いたいというメッセージを送ってきたのはそれが二度目で、最初の時にはわたしは返事をしていなかった。

『わたし、こういうのを使って人と会ったことがなくて』

アイコスを何回かふかし、二分ほど考えてからわたしはそう返信をした。

わたしがメッセージをした直後に、彼からの返信が来た。

『誰だって、最初は初めてですよ。とりあえず会って、お互いにタイプじゃなかったら、ごめんなさいということでどうですか？』

『どうしてわたしなの？』

今度はすぐにわたしはそうメッセージを送った。体だけが目当ての男と会うつもりはなかった。

『写真に写っている部屋は自宅ですよね？　Marchさんはセンスが良くて、ちゃんとした人なんだなと思って。だから、会いたいんです』

彼からのそのメッセージは、毛羽立っていたわたしの心を心地よく撫(な)でた。バイヤーとして失敗してから、センスを褒められたのは初めてのような気がした。

『あなた、仕事は？　何をして働いているの？』

彼についてもっと知りたいと感じて、わたしはそう質問をした。

『普通の会社員です』

『彼女はいないの？』

『はい。いません』

『どれくらい、彼女がいないの？』

『五年ぐらいになるかな』

『長いのね。もしかしたら、性格に問題でもあるの？』

そこまで打ってから、少し考えて、わたしは『わたしみたいに』とつけ加えた。

『Marchさん、性格に問題がある人なんですか？』

彼からすぐに返信が届き、わたしは冷蔵庫に二本目のビールを取りに行きながら少し考えた。

新しいビールを持ってソファに座り直し、またスマートフォンを手に取る。また少し考えてから、『わからない』と返信した。

彼からはまたすぐに返信がきた。

『自分の性格が良いか悪いか、わからないんですか？』

新しいビールの栓を開け、それを飲みながら、わたしはまたしばらく考えた。それから、ジェルネイルの光る指を動かして新たなメッセージを彼に送った。

『素直になれないの』

それがわたしの正直な気持ちだった。

そう。今のわたしは誰に対しても、素直になれなかった。

自分がひどくひねくれていて、とてもいじけていることは、よくわかっている。けれど、自分でも、どうすることもできなかった。

彼からはまたすぐにメッセージが届いた。

『何となく、わかります。生きるって難しいですよね。いろいろと』

それを読んでいたら、どういうわけか、目頭が熱くなってきた。彼がわたしに寄り添ってくれているように感じたのだ。

『何にもうまくいかないの。やることなすこと、みんな裏目に出るの』

十歳も年下の男に、そんなことを訴えてもどうしようもないとわかっているのに、わたしは思わずそう書いた。

『僕もですよ。何もうまくいきません』

『そうなの?』

『つまらない毎日ですよ』

『わたしも』

彼にそう返信を打ちながら、わたしは自分が解放されていくように感じていた。少なくとも、今、わたしは、これまでにないほど素直な気持ちで、自分の心の内を彼に向かって吐露していた。

『もしかしたら、Marchさん、寂しいんじゃないですか？』

『そうなのかな？　わたし、寂しいのかな？』

『僕がその寂しさを癒やしてあげます。だから、会いましょう』

彼からそんなメッセージが届き、わたしは思わず、『そうね。会おうか』と返信をしていた。

彼と会えば、もしかしたらわたしの渇きが癒えるかもしれない。

そんな気持ちも、心のどこかになくはなかった。

3

その日、渋谷にある『アストランティア』のミーティングルームで緊急の会議が開かれることになり、わたしを含む路面店の店長全員が呼び集められた。

社長の北村圭吾からは「大事な話があるから集まってくれ」と言われただけで、会議の議題については告げられていなかった。だが、店長たちはみんな、自分がなぜ呼び出されたのか、よくわかっているはずだった。つい先日、佐伯が仕入れた商品の数々は、どの店舗でも悲惨なほどに売れていなかったから。

売り上げの減少をこれほどはっきりと感じたのは、わたしが『アストランティア』で働くようになって初めてのことだった。

わたしたちは長四角の形に並べられたテーブルを、ぐるりと囲むようにして座った。わたしのほぼ真向かいに着席した社長の北村は、いかつい顔に難しい表情を浮かべて腕組みをしていた。

社長の隣ではバイヤーの佐伯が、いたたまれないような表情を浮かべていた。そこには先日の自信に溢(あふ)れた様子はまったく見られなかった。

路面店の店長たちは、みんな神妙な顔をして口をつぐんでいた。人々の前には緑茶の入ったペットボトルが一本ずつ置かれていたが、それに手をつける者は誰もいなかった。

「それじゃあ、始めよう。きょう集まってもらった理由は、みんなもうわかっているよな?」

部下たちの顔を順番に見まわしてから、北村がそう口を開いた。

店長たちは神妙な顔をして頷(うなず)いていたが、わたしは頷くことなく大きな窓の向こうに視線を向けた。

きょうは朝から強い日差しが照りつけている上に、暖かな南風が吹いていて、春もたけなわという感じの一日だった。わたしは渋谷駅からここまで歩いてきたのだが、その五分ほどのあいだに、薄手のブラウスに包まれたわたしの体はじっとりと汗をかいていた。渋谷の街を歩いている女たちは、一段と春めいた装いをしていた。素足にショートパンツやミニスカートを穿いた女たちがたくさんいた。半袖を着ている女たちも何人か見かけた。

外がそんなに暖かいというのに、このミーティングルームにはひんやりとした空気が満ちているように感じられた。

「真知子もわかっているよな？」

外を見ているわたしに、苛立ったような口調で北村が言った。

「もちろん、わかっています。わからない人がいたら、どうかしていると思います」

北村のいかつい顔に視線を向け、つっけんどんな口調でわたしは答えた。

「まあ、そうだよな。それじゃあ、新渡戸、報告してくれ」

北村が今度は、経理を担当している新渡戸悟志に視線を向けた。

「はい。先月、二月の売り上げは、前年の同月と比べると二十二パーセントの落ち込みになっています」

パソコンから顔を上げた新渡戸が、店長たちの顔を見まわしながら淡々とした口調で言った。

二十二パーセントっ!!

わたしは思わず、心の中で呻いた。その落ち込みの大きさは、わたしの予想をはるかに超えていたのだ。

ここ数年、『アストランティア』では前年同月割れの状態が続いていた。それはそれで悲惨な状態だったが、ここまで大きく落ち込んだのは初めてだった。こんなことでは、どんなに楽観的に考えても、会社の経営が成り立つはずはなかった。

「二十二パーセント減って……ひどいですね」

「そこまでですか？」

「困りましたね」

困惑した表情を浮かべた店長の女たちが、口々にそう言った。

「先月は完全な赤字だ。大赤字だよ。どうすっかなあ……これじゃあ、会社が保たないなあ」

苦虫を噛み潰したような顔をした社長の北村が、あからさまな溜め息をつきながらそう言った。

「すみません……僕が仕入れた商品のせいで……」

佐伯が俯かせていた顔をあげ、おずおずとした口調で言った。佐伯の目は虚ろで、その顔には道に迷った子供のような情けない表情が浮かんでいた。

「佐伯が謝ることはないんじゃない？　みんなで決めたことなんだからさ」

わたしは思わず、そう口にした。「そうだったよね？　先日の会議では、みんないいって言ったよね？　素敵です。売りやすそうですって言ったよね？　社長もいいんじゃないかって言いましたよね？　だったら、佐伯ひとりを責めるのはお門違いだと思います」

口早に言い終わると、わたしは返事を待って、店長の女たちの顔と、北村のいかつい顔を見まわした。

けれど、口を開く者は誰もいなかった。


結局、打開策の提案は何ひとつないままに会議は終わった。

ミーティングルームを出た店長の女たちと一緒に、わたしは下りのエレベーターに乗り込んだ。

「もしかしたら、吉祥寺店は閉鎖されるかも」

降下するエレベーターの中で、吉祥寺店の店長の佐藤茜が口を開いた。

「えっ？　そうなの？」

西新宿店の竹本薫が驚いたように訊き返した。

「まだ社長からの話はないけど、実は吉祥寺店の落ち込みがいちばんひどいらしいの……前年同月比で、四十パーセント以上も落ちているの」

「そんなに？」

代官山店の吉田美奈子が驚いたような顔をした。けれど、代官山店の売り上げも、かなり悪いはずだった。

「もし、吉祥寺店がなくなっちゃったら、わたしはどうなるんだろう？　やっぱり、クビなのかしら？」

佐藤茜が不安げな口調で言い、ほかの店長たちの顔を見まわした。

返事をする者は誰もいなかったけれど、心の中では誰もが『明日は我が身』と考えているに違いなかった。

4

夜になっても南からの風が続いていて、相変わらず、気温も高いままだった。

地下鉄の駅へと向かうサラリーマンやOLたちと擦れ違いながら、わたしは『ゆーと@rain_you10』と会うために青山の街を足早に歩いた。彼との待ち合わせの場所は、オフィスビルのあいだに作られた広場で、青山の店から歩いてすぐのところだった。

わたしは黒くてタイトなミニスカートに、白い薄手のブラウスを着て、黒いサテンのショートジャケットを羽織っていた。スカートもブラウスもジャケットもブランドものだった。足元は踵(かかと)の高い白いブランド物のパンプスで、首にはやはりブランド物の絹のスカーフを巻いていた。

店を出る前に、わたしは鏡の前で化粧を直し、甘い香りの香水を全身にたっぷりと吹きつけていた。それだけでなく、試着室に入って全裸になり、買ったばかりの純白の洒落(しゃれ)たブラジャーと、やはり買ったばかりのショーツを身につけていた。白くて小さくて、とてもセクシーなデザインのショーツだった。

ビルとビルのあいだに作られた広場に着くと、そこに置かれたベンチにほっそりとした体つきの若い男が腰かけていた。

そのベンチから少し離れたところで立ち止まり、わたしは胸を高鳴らせながらも、精一杯のさりげなさを装って男を観察した。

男は俯いていたから、顔ははっきりとは見えなかった。けれど、ぼさぼさの前髪が目にかかったその顔は、Twitterの『ゆーと@rain_you10』のアイコンのものに違いなかった。擦り切れたジーンズにワークジャケットという格好の彼の姿は、スーツを着込んだ男たちが行き交うこの街ではかなり人目を引いた。

ベンチのすぐ脇には大きな桜の樹が枝を広げていた。まだ花は一輪も咲いていなかったけれど、どの蕾(つぼみ)も大きく膨らんでいるのがわかった。きっとあと数日で、開花が始まるのだろう。

わたしの胸は一段と高鳴っていた。パンプスの高い踵に支えられた二本の脚が細かく震えていた。

わたしの視線を感じたのだろうか。男が俯けていた顔を上げた。

その顔は女性のように整っていて、とてもナイーブそうだった。

そう。ナイーブ。その言葉が、彼にはまさにぴったりだった。

Twitterのプロフィールに書かれていた二十四歳という年齢は、たぶん、本当なのだろう。わたしの目には彼はとても若く映った。

男がわたしに視線を向け、わたしは反射的に目を逸らし、その場から歩み去ろうとして何歩か歩いた。けれど、すぐに立ち止まり、背後の彼を振り向いた。

ベンチに腰掛けたまま、彼はわたしをじっと見つめていた。

「マーチさん?」

彼が言った。彼はよく通る声の持ち主だった。

『マーチ』と呼ばれて、わたしは昔の恋人を思い出した。その人もわたしのことを、いつも『マーチ』と呼んでいたから。

すぐに彼がベンチから立ち上がった。立ち上がった彼はとても背が高く、すらりとした体つきをしていた。

「マーチさんですよね?」

彼が繰り返し、わたしはおずおずと「はい」と返事をした。

「その黒いサテンのジャケットを着た写真、Twitterにありましたよね? 裸にそのジャケットを羽織った写真です」

わたしの全身をまじまじと見つめて彼が言った。その目つきは、品定めでもしているかのようだった。

「あの……わたし……どうですか?」

やはり、おずおずとした口調でわたしは訊いた。十歳も年上の自分の姿が、若い彼の目にどう映っているのか、とても不安だったのだ。

「僕は? 僕はどうですか? 大丈夫ですか?」

わたしの問いには答えずに彼が尋ねた。

「ええ。もちろん、大丈夫です。あの……わたしのほうはどうですか? あの……大丈夫ですか?」

さらに強い不安が込み上げるのを感じながら、わたしはまた訊いた。

「ダメなら、とっくに帰ってますよ」

彼が真っ白な歯を見せて笑った。その笑顔はとても可愛らしかった。

「よかった……」

わたしもそっと微笑んだ。全身に安堵(あんど)の気持ちが広がっていった。

「それじゃあ、行きましょうか? 僕の知ってる店でいいですか? 本当はこういう気取った街は苦手なんですよ」

整った顔に屈託のない笑みを浮かべて彼が言った。わたしのパンプスの踵は十センチ以上あるというのに、こうして向き合って立つと、彼の目はわたしのそれよりさらに十センチほど上にあった。だから、彼の身長は百八十センチを優に超えているのだろう。

「わたしもです。わたしもこういう気取った街は好きじゃないんです」

わたしは言ったが、それは嘘だった。ここ青山は、栃木県にいた頃から、わたしの憧れの街だった。

「いいですね。それじゃあ、場所を変えましょう」

笑顔で言うと、彼が車道に歩み寄り、タクシーを止めるために右手を高く挙げた。

5

驚いたことに、彼が中年の運転手に告げた行き先は『江戸川ボートレース場』だった。知人わたしにはボートレースについての知識は、まったくと言っていいほどなかった。知人たちからボートレースについて聞かされてことも一度もなかった。けれど、そこが上品で洗練された、お洒落な場所ではないことは、何となく感じていた。

わたしは片手で黒くてタイトなスカートの裾を引っ張るようにして、彼の右側に背筋を伸ばして座った。座ったことによって、ただでさえ短いスカートが大きくせり上がり、ストッキングに包まれた太腿(ふともも)のほとんどが剝(む)き出しになっていた。

普通の男たちの目には、それは極めてエロティックに映るはずで、女のわたしでさえそれをセクシーだと感じた。だが、彼はわたしの太腿にちらりとも視線を向けなかった。

「あの……どうして、ボートレース場なんですか？」

彼の横顔を見つめてわたしは訊いた。

「ボートレース場のすぐ近くに、お気に入りの店があるんだ」

わたしに無邪気そうな笑顔を向けた彼が、友達と話すような気軽な口調で答えた。

「そうなんですね」

「きょう、仕事だったの？」

笑みを浮かべたまま、やはり軽い口調で彼が訊いた。その馴(な)れ馴れしさに、わたしはわずかな違和感を覚えた。

「はい。仕事でした」

「ねえ、敬語やめない？」

わたしの目を覗き込むように見つめて彼が言った。湿った彼の息からは、スペアミントみたいな香りがした。

「はい。そうですね」

「だから、敬語で話すのをやめようよ。次に敬語を使ったら、罰金だよ」

「いいよ。罰金はいくら？」

わたしもまた、友達と話すような馴れ馴れしい口調で訊いた。不思議なことに、その瞬間から、彼がとても親しい人間のように感じられ始めた。

「罰金は、そうだな……百円にしようか」

「たったの百円？」

「うん。俺、金ないからね」

彼が声を立てて無邪気に笑った。唇のあいだから、不自然なほどに白い歯が覗いた。

「いいよ。百円ね」

「運転手さんもね。敬語禁止だよ」

シートから腰を浮かせた彼が、身を乗り出すようにして中年の運転手に声をかけた。

「ちょっとやめなよ」

わたしは笑いながらも、彼のワークジャケットの裾を引っ張り、運転手に「すみません」と言って謝った。

「はい、ダメーっ。百円ね」

わたしに向かって、彼が笑顔で右手を突き出した。

「ええっ。何で？」

「友達にすみませんなんて言う?」

「言わないけど……」

「でしょう? だから、ダメーっ。百円ね」

わたしに右手を差し出したまま彼が笑い、わたしは小銭入れを取り出すためにバッグを開きながら笑った。


わたしたちを乗せたタクシーは、東京の中心地を突き抜けるようにして西から東へと向かった。彼は運転手に首都高速道路ではなく、一般道を使って目的地に向かうように指示していた。

わたしは窓の外に広がる光景を見つめ続けていた。車が進むうちにどんどんと光景が変化していって、車が今走っているところはわたしが知っている東京とは、まったく別の都市のように感じられた。

上京してから十四年も経つというのに、わたしは東京の東側に行ったことがほとんどなかった。

やがてタクシーが幅の広い大きな川にかけられた長い、長い橋を渡り始めた。彼によればその川は荒川で、この長い橋の向こうは江戸川区だということだった。

「ほらっ、あの辺りがボートレース場だよ」

窓の外を指差して彼が言った。そこには街の光を反射する巨大な川の流れが見えた。

「ゆーとはボートレースをやるの？」

わたしは訊いた。タクシーに乗ってすぐに、わたしは彼を『ゆーと』と呼ぶようになっていた。

「めったにやらないけど、ここへはよく来るよ。この街の雑多な雰囲気が好きなんだ。ここは面白いところだよ」

「そうだ。あの……『おもしろき、こともなき世に、おもしろく』って……」

「ああっ、Twitterのやつね？」

彼がその大きな目でわたしを見つめた。彼は羨ましくなるほど澄んだ目の持ち主だった。

「あれって、正しくは『おもしろき、こともなき世を』だよね？」

「マーチって、物知りなんだね」

彼が笑った。濡れているかのように見える唇のあいだから、また真っ白な歯が覗いた。

「俺はね、世の中を面白く変えることはできなくても、面白く生きることはできる歌だって思ってるんだ。だから、あれでいいんだよ。あっ、運転手さん、ここで止めて」

彼が言い、その言葉に従って中年の運転手が車を停止させた。

わたしは窓の外に目を向けた。そこにはボートレース場を訪れる人々のための食堂や居酒屋がずらりと並んでいた。どの店も目を逸らしたくなるほどに汚らしくて、とても貧乏くさくて、青山には絶対に存在しないような店だった。店の前を歩いているのはひとり残らず男性で、その多くが薄汚れた作業着みたいな服を身につけていた。

タクシーが停止するとすぐに、彼が財布を取り出して運転手に数枚の紙幣を手渡した。

「あっ、わたしも払う」

わたしは慌ててバッグを開いた。

「いいよ、マーチ。ここは俺に払わせて」

「でも……」

「いいんだよ。俺が連れてきたんだから、俺が払うよ」

彼がまた笑い、わたしは「ありがとう」と言って笑った。

そう。彼と会ってからのわたしは、数え切れないほどに笑っていた。

6

彼がわたしを連れて行ったのは、掘っ建て小屋のようにも見える、小さくて汚らしい大衆食堂だった。

狭い店の中には煙草(たばこ)の煙がもうもうと立ち込め、中高年の男たちでほぼ満席だった。男たちの多くが怒鳴ってでもいるかのように、声を張り上げて話をしていた。

そんな店に入ったことのないわたしは、ひどく物怖(ものお)じした。

煙草の煙で靄(もや)がかかったようになっている店内には、煙草のにおいだけでなく、肉を煮込んでいるようなにおいや、肉や魚を焼くにおい、何かが焦げたようなにおい、それに日本酒やビールのにおいなどが複雑に混じりあって漂っていた。

そのこともわたしを戸惑わせた。こんなところに長くいたら、嫌なにおいが髪や服に染みついてしまうに違いなかった。

「あの……ここがゆーとの、何ていうか……お気に入りのお店なの?」

店内に素早く視線を巡らせながら、わたしはおずおずと彼に訊いた。タクシーに乗っている時のわたしは、てっきり彼がロマンティックな雰囲気の店に連れて行ってくれるのだと思っていたのだ。

「うん。ここ、うまいんだよ」

わたしの腰の辺りにさりげなく手を触れながら、屈託のない口調で彼が答えた。

わたしたちが店に足を踏み入れた瞬間、店内にいた男たちのほぼ全員が、物珍しげな視線をわたしたちのほうに向けた。

そのことに、わたしはまたひどく物怖じした。自分がとても場違いなところにいるように感じたのだ。ばっちりと化粧を施し、香水の香りを漂わせ、たくさんのアクセサリーを光らせ、ブランド物の洒落た服に身を包んだわたしは、そこでは完全に浮いていた。

こんなところにいたくなかった。できることなら、もっと雰囲気のある静かな店に行って、彼と静かに語り合いたかった。それでも、彼に導かれるようにして、わたしは店の奥へと向かい、ふたつだけ空いていた椅子に寄り添うようにして腰を下ろした。

その椅子は折り畳み式の丸椅子で、背もたれがなかった。テーブルもひどく安っぽくて、食べ物をこぼしたらしき染みがいくつもできているだけでなく、油でべとついていた。

「おねーさーん、ホッピーとオロナミンハイとモツ煮ねっ！」

カウンターの向こうにいた女に向かって、彼が怒鳴るようにして注文をした。

彼は『お姉さん』と呼んだけれど、カウンターの向こうで忙しそうに動いているのは、化粧っ気のない顔に疲れ切ったような表情を貼りつかせている年配の女だった。年は六十歳ぐらいなのだろうか。女はあちらこちらに染みのできた汚らしい割烹着を着ていて、ぼさぼさの髪は白髪混じりで、この店にいる薄汚い男たちとよく似合っていた。この店はその女がひとりきりで切り盛りしているようだった。

その店主らしき中年女が、彼のほうに視線を向けて無言で頷いた。

「オロナミンハイって……あの……何なの？」

やはりおずおずとした口調で、わたしは彼に尋ねた。

「いいから飲んでみなよ。うまいんだから」

彼が笑い、わたしは小さく頷いた。笑おうとしたけれど、顔が強張っているのが自分でもわかった。

割烹着姿の中年女が、すぐにホッピーのセットと、『オロナミンハイ』らしき黄色い飲み物の入ったグラスを持って来て、それらをわたしたちの前に無造作に置いた。

「おねーさん、ありがとう」

女を見上げた彼が、親しげな口調で礼を言った。

「余計なお世話だけど、こんな男と遊んでると馬鹿になるよ」

わたしに向かって女が言い、わたしは反射的に「はい。すみません」と返事をした。

「そんなことはいいから、おねーさん、早くモツ煮を持って来てよ」

氷の入ったグラスに焼酎とホッピーを注ぎ入れながら、彼が笑顔で女に言った。長い睫毛(まつげ)が目の下に大きな影を落としていた。彼は女のようにほっそりとした綺麗な指の持ち主だった。

「言われなくても、すぐに出すよ」

乱暴ではあるけれど、親しげにも聞こえる口調で女が彼に言った。

「それから、センマイ刺しと卵焼きもね」

「わかった。わかった。すぐに出すから、おとなしく待ってな」

そう言うと、中年女はカウンターへと戻っていった。

「それじゃあ、マーチ、乾杯しようよ」

彼がわたしのほうに自分のグラスを差し出し、わたしはひどく物怖じしながらも目の前に置かれた不気味な飲み物が入ったグラスに手を伸ばした。

「乾杯って……何に乾杯なの?」

「マーチと出会えたことにだよ。ホラッ、乾杯っ」

戸惑っているわたしのグラスに、彼が自分のそれを触れ合わせた。カチンという硬質な音がした。

「乾杯……」

わたしは小声でそう言うと、安っぽいグラスに注がれた黄色い飲み物に恐る恐る口をつけた。

一口飲んだら、吐いてしまうのではないかとわたしは危惧(きぐ)していた。けれど、口の中に広がるオロナミンハイの味は、予想したほどには悪いものではなかった。

「意外と美味(おい)しいね」

「まずいものなんか勧めないよ」

白い歯を見せて彼が笑い、わたしも笑った。今度は心から笑った。

そして、その瞬間、ずっと感じていた渇きが、今は癒えていることに気づいた。

7

何人もの男たちが怒鳴り合うかのように話し続けていて、店の中は本当にやかましかった。嫌でも耳に飛び込んでくる男たちの話の内容は、なぜそんなことを議論しなければならないのかと思うほど馬鹿馬鹿しいものだった。

望んだ自分になれなかった人たち……。

その店に集っている人々の多くが、わたしにはそんなふうに見えた。

もしかしたら、それは勘違いなのかもしれない。ただの思いすごしなのかもしれない。

だが、少なくとも、わたしの目にはそう映った。

わたしとは違って、彼はこの店の雰囲気が少しも嫌ではないようだった。店に入ってからの彼は、ずっと楽しげな様子をしていた。

すぐに店主の女がモツの煮込みと、桜海老の入った卵焼きを運んできた。『センマイ刺し』らしき灰褐色の食べ物も一緒に来た。

いや、わたしの目にはそれは食べ物ではなく、体に無数の突起物があるナメクジの群れか、小さなナマコの大群のように映った。

端が少し欠けた白い皿に載せられた『センマイ刺し』を、わたしはまじまじと見つめた。

センマイと呼ばれる食材が牛の第三胃袋を指すということは、知識としてはわたしも知っていた。イタリア料理店で牛の胃を煮込んだトリッパも食べたことはあった。けれど、目の前にあるナメクジの群れを口にする気には絶対になれなかった。

「これが、あの……センマイ刺しなのよね？」

「そうだよ。マーチ、食べたことがないの？」

わたしの目を覗き込むかのように見つめて、彼が笑顔で訊いた。

「トリッパなら食べたことあるけど……これは、ないや」

「じゃあ、食べてみなよ。美味しいよ」

「わたしはいいや。あの……ゲテモノは苦手なの。ゆーとだけ食べて」

わたしは言った。自分では見えなかったが、わたしの顔はひどく引きつっているに違いなかった。

「いいから、騙されたと思って食べてみなよ」

そう言うと、彼が皿の上の不気味な物体を割り箸でつまみ上げ、まるで恋人にするかのように、灰色をしたナメクジの一匹をわたしの口の前に差し出した。「ほらっ、マーチ。あーんして」

整った顔に楽しげな笑みを浮かべた彼が、幼い子供に言うような口調で言った。

「いやっ。食べたくない」

わたしは思わず身を仰け反らした。まさに生きたナメクジを突きつけられているようで、全身に鳥肌が立った。

「いいから、あーんして」

彼の強引さに押し切られ、わたしは恐る恐る口を開き、代わりにしっかりと目を閉じた。

そんなわたしの舌の上に、彼が不気味な物体をそっと落とした。

「ほらっ、嚙んでみて」

彼が言い、わたしは意を決して、目を閉じたままそれを嚙み砕いた。

意外なことに、初めて口にするセンマイ刺しはとても美味しかった。

「美味しい……」

わたしは目を開き、口をもぐもぐとさせながら笑顔で言った。

「だから言っただろう？　ほらっ、もう一口食べなよ。あーんして」

彼が楽しそうに言った。そして、再びセンマイ刺しのいくつかを箸でつまんで、わたしの口の前に差し出した。

「あーん」

今度は笑顔で、わたしは口を開いた。大きく開かれたその口の中に、彼がまたセンマイ刺しを入れてくれた。


店主が運んでくる食べ物は、見た目は美しくなかったが、どれもそれなりに美味しくて、わたしはオロナミンハイを何度もお代わりしながらそれらを食べた。周りの男たちのほとんどが煙草をふかしていたから、わたしもアイコスを取り出して吸っていた。

彼もお酒が強いようで、わたしがオロナミンハイを注文するたびに、自分もホッピーを注文していた。

食事を続けているあいだ、わたしは絶えず笑っていた。いつの間にか、とても楽しい気分になっていたのだ。

最後にこんなに楽しく食事をしたのは、いったいいつだったのだろう?

ふと、わたしは思った。

けれど、それがいつだったのかを思い出すことはできなかった。考えてみれば、わたしはいつだって、楽しむためではなく空腹を満たすだけのために、鬱々(うつうつ)とした気分で食べ物を機械的に口に運んでいたのだ。

気がつくと、彼もわたしも声を張り上げるようにして話していた。男たちの声がやかましくて、そうしないとお互いの声がよく聞こえなかったから。

彼はわたしの仕事のことを知りたがった。それでわたしは普段は決して言わないような職場での不平不満を、次から次へと口にした。

話をしているうちに、わたしは彼に好意を抱き始めていた。

どうやら、わたしは彼に恋をしてしまったようだった。

そのことに、わたし自身が驚いた。十歳も年下の男を好きになるなんて、それまでのわたしには考えられないことだった。

わたしが何杯目かのオロナミンハイを注文した時、急に天井の明かりが消え、店の中が真っ暗になった。

「すぐ点くよーっ！」

暗がりに店主の女の声が響いた。

「この店、すぐにブレーカーが落ちるんだよ」

わたしの耳元で彼が言った。湿った息がわたしの耳に吹きかかり、大きなピアスがゆっくりと揺れた。

男たちは明かりが消えたことをまったく気にしていないようで、相変わらず、大きな声で話を続けていた。わたしの隣に並んでいるふたりは、さっきから言い争いをしていたのだが、暗がりの中で急に立ち上がって摑み合いを始めた。窓から差し込む街灯の光で、作業着を身につけたふたりの姿がぼんやりと見えた。

「当たり屋のくせに、何を言ってんだよ、オメーは？」

ひとりの男がもうひとりの胸の辺りを突き飛ばすようにして怒鳴った。

「人聞きの悪いことを言うな。俺は被害者なんだよっ！」

突き飛ばされた男が、相手を突き飛ばし返しながら、さらに大きな声で怒鳴り返した。

「わざとぶつかったんだよな？　正直に言えよっ！」

「しつけーな、オメーはっ！」

男のひとりが大声で怒鳴りながら、もうひとりを、今度は両手で強く突き飛ばした。

突き飛ばされた男がふらつき、その体がわたしの背中にドンと強くぶつかった。

「あっ！」

わたしは思わず声を上げて、椅子から腰を浮かせかけた。

その瞬間、彼がわたしの肩に手をまわし、自分のほうに強く引き寄せた。そのことによって、わたしたちの顔はお互いの息がかかるほどに近づいた。

わたしは彼を見つめた。暗がりの中で、彼もまたわたしの目を見つめていた。

「大丈夫だよ。俺がついてる」

囁(ささや)くように彼が言い、わたしも言葉を口にしようとした。けれど、その前に彼がわたしの手を握り締めた。

胸をときめかせながら、わたしはほっそりとした彼の手を握り返した。

そんなわたしの顔に、彼がさらに顔を近づけてきた。

反射的に、わたしは目を閉じた。

彼がさらに顔を近づけた。目を閉じていても、それがはっきりとわかった。

今まさに、ふたりの唇が触れ合おうとした瞬間、急に天井の明かりが灯（とも）った。

次の瞬間、彼が驚いたように、わたしから体を離した。

そのことに、わたしは少し落胆した。

そう。わたしは彼とキスをしたかったのだ。

8

二時間ほどで店を出たわたしたちは、川沿いの遊歩道を並んで歩いた。

すでに午後十時をまわっていた。すぐ脇を流れる荒川の水面（みなも）に、対岸にずらりと立ち並んだ建物の明かりが美しく映っていた。踵の高いパンプスを履いているわたしに合わせて、彼はゆっくりとした足取りで歩いてくれていた。

わたしはミニスカートだったけれど、相変わらず、暖かな南風が吹いているおかげで、寒さは少しも感じなかった。夜も遅いということもあって、整備された遊歩道に人の姿はまばらだった。

「昔、こういうところに住んでいたんだ。家の近くにはこういう川が流れてて、辺りにはちっぽけな工場がたくさんあって……だから、ここに来ると、いつも昔のことを思い出すんだ」

わたしの左側を歩きながら彼が言った。

「そうなんだ?」

彼の横顔を見つめてわたしは頷いた。考えてみたら、店にいる時のわたしは自分の話ばかりしていて、彼のことをほとんど何も聞いていなかった。

「小学校の友達には、親が工場を経営しているやつが多かったんだ。そういう工場の住み込みの工員の息子なんかもたくさんいたな」

ゆっくりとした足取りで歩き続けながら、彼が懐かしそうに言葉を続けた。「あの頃の遊び場は工場の裏手の空き地とかでさ、休み時間のおっさんたちと、よく一緒にキャッチボールをしたものだったな。おやつにはおっさんたちに焼き鳥とか食べさせてもらってね……楽しかったな」

「おやつが焼き鳥?　いいね」

わたしは笑った。

「うん。良かった。本当に良かったんだ。だけど……だけど、今はもう、何も残っていない。工場もみんななくなっちゃったし、友達だったやつらも今はもう誰もいないんだ」

そう言った彼のナイーブそうな顔には、寂しそうにも悔しそうにも見える複雑な表情が浮かんでいた。

わたしは合いの手を入れようとした。けれど、何を言ったらいいかわからず、黙って歩き続けていた。

そんなわたしの隣で、彼がまた口を開いた。

「さっきの店に行くと、何だか落ち着くんだ」

「わかる気がする」

「そう？　わかる？」

「うん。わたしもあの店、気に入ったよ」

彼を見上げて、わたしは笑った。

その言葉は嘘ではなかった。最初は嫌っていたけれど、今ではあの薄汚れた店にまた行ってみたいと思うようになっていたのだ。

暖かな風の吹き抜ける荒川沿いの遊歩道を、わたしたちはゆっくりと歩き続けた。

いつの間にか、彼とわたしは手を繋(つな)いでいた。誰かと手を繋ぐなんて、実に久しぶりの気がした。ひんやりとしているわたしの手とは対照的に、しなやかな彼の手はたった今までお湯に浸けていたのではないかと思うほどに温かかった。

川沿いの遊歩道には桜の樹がずらりと植えられていた。青山の桜と同じように、まだ咲いているものはなかったけれど、やはりどの蕾も大きく膨らんでいた。

「ねえ、ゆーと、これからどこに行くの？」

川面(かわも)に映る光の数々を見つめて、わたしは彼に尋ねた。

「行けばわかるよ」

「別のお店に行くの？」

わたしは彼の横顔に視線を向けた。ぼさぼさの前髪が風になびいていた。

「だから、行けばわかるって」

わたしを見つめた彼が無邪気に笑った。

「わかった。ゆーとに任せた」

彼の手を強く握り締めてわたしは言った。

わたしの心はいつもささくれ立っていた。けれど、彼と一緒にいるあいだに、そのささくれが消えてしまったような気がした。

整備された遊歩道を歩き続けながら、わたしは何気なく空を振り仰いだ。

そこにはいくつかの星が瞬いていた。けれど、いつものように、人工の光の数々に邪魔をされて、『わたしの星』を見つけることはできなかった。

9

真砂なす数なき星のその中に　吾に向いて光る星あり

中学校の国語の教科書でその短歌を目にした時、わたしは「あっ」という声が出てしまうほどに驚いた。そんなことはあるはずもないのだけれど、正岡子規（まさおかしき）がわたしの心の中を覗き込んでその歌を作ったかのように思えたのだ。

わたしの実家の周辺は建っている家も多くはなく、街灯も少なかったから、夜になると辺りは真っ暗で、東京とは比べ物にならないほどたくさんの星が見えた。上京する前のわたしは、家の二階にあった自分の部屋の南を向いた小さな窓から、たくさんの星が瞬く夜空を、ほとんど夜ごとに、とても長いあいだ、じっと見つめ続けていたものだった。

あの頃、わたしは夜空の星のひとつを、勝手に『わたしの星』だと決めていた。その星がなぜか、わたしだけに向かって光っているように感じたから。

見ているよ、真知子。わたしはここからお前のことを、いつもちゃんと見ているよ。

その星がわたしに、そう囁きかける声が聞こえるような気さえした。

今になって思えば、あの頃のわたしは自信満々だった。とても不遜で、傲慢で、『わたしはみんなとは違うのだ』『わたしは特別なのだ』という、根拠のない自信に満ちていたのだ。

たぶん、それが若さというものなのだろう。あの頃のわたしは、それほどまでに怖いもの知らずだったのだろう。それほどまでに尖っていて、それほどまでに傲慢だったのだろう。

わたしは東京で成功するよ。きっと何者かになってみせる。だから、あなたはそこから、成功への階段を駆け上っていくわたしを、しっかりと見つめていてね。

あした上京するという日の晩に、わたしは夜空に光る『わたしの星』を、挑むかのように見つめてそう語りかけた。

そして、わたしは何かに挑むかのように東京で働き始めた。

東京での暮らしは毎日、とても忙しくて、栃木にいた頃のようにのんびりと星を見ることは少なくなっていった。たまに夜空を見上げることがあっても、東京の空はあまりにも明るすぎて、『わたしの星』を見つけることはめったにできなかった。

それでも、冬の夜などの空気が澄み渡っている晩には、時々、『わたしの星』を見つけられることもあった。

どう？　わたしのことを、ちゃんと見てる？　わたし、頑張っているでしょう？　張り切っているでしょう？

上京してしばらくのあいだ、わたしのその星を見つけるたびに心の中で話しかけた。声に出して語りかけることもあった。

けれど、そういうことは徐々に減っていき、やがてはその星を見つけても、語りかけることはなくなっていった。星に自慢できるようなことが、どんどん少なくなっていったのだ。

今も時折、わたしは夜空に光る『わたしの星』を目にしている。

けれど、今はもう、その星がわたしだけのために光っているようには感じることはない。わたしに向かって囁く声も聞こえない。

そう。わたしのために光る星などないのだ。そんなことは、尖った若さが見せる幻想なのだ。ただの思いすごしなのだ。

わたしは大人になった？　丸くなった？

もしかしたら、そういうことなのかもしれない。

今夜、彼と荒川沿いの遊歩道を歩き続けながら、わたしはぼんやりとそんなことを考えていた。

10

Twitterで『ゆーと@rain_you10』と名乗っていた男がわたしを連れて行ったのは、荒川の流れを見下ろすように聳（そび）え立つ真新しいタワーマンションだった。

「ゆーと、あの……もしかしたら、ここに住んでいるの？」

少し驚いて、わたしは尋ねた。ワークジャケットに擦り切れたジーンズという彼の身なりから、わたしはてっきり安アパートのような部屋で貧乏暮らしをしているのだろうと推測していたのだ。

わたしの問いに、彼は返事をしなかった。ナイーブそうで整った顔に、あの無邪気そうな笑みを浮かべて、わたしを見つめただけだった。

わたしたちは大きなガラスの自動ドアを抜けてマンションに足を踏み入れた。ガラスのドアの向こうに広がっていたのは、ホテルのロビーラウンジのようにも見える、豪華で広々としたエントランスホールだった。夜も遅いということもあって、そこに人の姿はなく、しんと静まり返っていた。

「ねえ、ゆーと。あの……本当にここに住んでいるの？」

わたしはまた尋ねた。

けれど、彼はやはり返事をしなかった。楽しげな顔をして笑っているだけだった。

エントランスホールの床には、鏡のように磨き上げられた大理石が敷き詰められていた。その床は本当にピカピカで、辺りにあるもののすべてを反射していたから、ミニスカートのわたしは白い下着が映ってしまうのではないかと心配した。

温かな手でわたしの手を握り締めたまま、彼がゆっくりとした足取りでエレベーターへと向かった。四基並んだエレベーターの脇の階数表示版を見ると、そのマンションは三十五階建てのようだった。

四基のエレベーターのうちの一台がすぐにやって来た。彼に続いてわたしがエレベーターに乗ると、彼が『33』という階数ボタンを押した。

音もなく上昇するエレベーターの中で、わたしはこれから起きるはずのことを思って胸を高鳴らせていた。

男と女がふたりきりの部屋ですることは、そんなに多くはないはずだった。

エレベーターを降りた彼は、わたしの手を引いてグレイのカーペットが敷き詰められた長い廊下を少し歩いた。分厚いカーペットにパンプスの細い踵が沈み込み、少し歩きづらかった。

『3311』というプレートが貼られたドアの前で足を止めると、彼がポケットから取り出したルームキーを使って、重たそうな鉄製のドアをゆっくりと引き開けた。

ドアの向こうに広がっていたのは、目を見張るほどに広くて、見たこともないほどに豪華なリビングルームだった。たぶん、その部屋だけで三十平方メートル、いや、もっと広いのかもしれない。

けれど、白い壁に囲まれたその部屋には、家具や調度品は何ひとつ置かれていなくて、がらんとしていて、かなり殺風景に感じられた。

「誰も住んでいないみたいだけど、ここは、あの……誰の部屋なの？」

いまだに手を握っている彼にわたしは訊いた。

部屋に明かりは灯っていなかったけれど、大きな窓から外の明かりが入って来たから、室内は真っ暗というわけではなかった。いくつもある窓には、カーテンもロールスクリーンも掛けられていなかった。

「誰の部屋でもないよ」

ようやくわたしの手を解放した彼が言った。

「それは、あの……どういうこと？」

「空き物件なんだよ」

「空き物件？」

「そう。空き家。俺、前に不動産屋でバイトしていたから」

あっけらかんとした口調で言った彼が、手にしたルームキーをわたしに見せた。「ほらっ。これがマスターキー。これがあるから、俺はいつだって、ここに自由に出入りできるんだ」

「なーんだ。そうだったのね？　それで納得できた」

笑いながらそう言うと、わたしは床から天井まで届く大きな窓のひとつに歩み寄った。

驚くことに、その窓の向こうはサンルームのようになっていて、そこに水を湛(たた)えた水路と、浅いプールのようなものが作られていた。そのサンルームもまた、三十平方メートルほどあるように感じられた。

サンルームとは言ってもそこは屋外というわけではなく、何枚ものガラスで外気と遮断された温室のような空間だった。そこにビーチチェアやテーブルを置いたら、明るくて、とてもくつろげる場所になるに違いなかった。

「それにしてもすごい部屋ね。わたしには夢の世界だよ。こんな素敵なところに、いったいどんな人が住むんだろう？」

そんなことを言いながら、わたしは別の窓に歩み寄り、そこに額を押しつけるようにして窓の向こうを見つめた。それは荒川に面した西側の窓で、ホテルの部屋の窓のように開閉ができない作りになっていた。

荒川の対岸、百メートルほど向こうにも無数の建物が立ち並んでいた。その多くがオフィスビルのようだった。こんな時間だというのに、それらのオフィスのいくつかには煌々(こうこう)と明かりが灯り、何人もの人々が働いているのが見えた。

どのビルにも屋上にポールが立てられ、その先端で赤い光がゆっくりとした点滅を繰り返していた。それらの光が目の前を流れる荒川の水面に美しく映っていた。

11

いつの間にかリモコンを操作した彼が、エアコンのスイッチを入れたようだった。そのことによって、さっきまで少しひんやりとしていた部屋の空気の温度がたちまちにして上昇していった。

エアコンから噴き出した暖かくて乾いた風が、わたしの髪を優しくそよがせ、ストッキングに包まれた二本の脚のあいだを愛撫でもするかのように流れていった。

わたしは窓ガラスに額を擦りつけるようにして、眼下に広がる美しい夜景を見つめ続けた。雄大な荒川の流れに沿うようにして走るハイウェイを、今もたくさんの車が行き交っていた。そのヘッドライトや赤いテールランプの光が、わたしの網膜にいくつもの残像を残していった。

「夜景が本当に綺麗……こんなところで暮らせたら、どんなにいいだろう」

誰にともなく、わたしは言った。わたしの口から出た湿った息で、目の前のガラスがわずかに曇った。

洋服やバッグやアクセサリーには強いこだわりがあったけれど、住むところへのこだわりは、それほど持っていなかった。雨風が防げて、静かに眠れるのなら、それで充分だと思っていたのだ。

それでも、高級リゾートホテルのようにさえ感じられるこんな部屋を実際に目の当たりにしてしまうと、ここに暮らすことになる人への羨望のような感情が込み上げてくるのを、どうしても抑えることができなかった。

窓の外を見つめ続けていると、首筋に人の息がふわっと吹きかかった。気づかぬうちに、彼がわたしのすぐ背後に歩み寄って来ていたのだ。

「いつの間に来たの?」

わたしは笑顔で振り向こうとした。けれど、その前に彼がわたしを背後から、両手で強く抱き締めた。

「あっ……待って……ゆーと、ちょっと待って……」

わたしは窮屈に首をよじって、背後の彼を振り向いた。

「嫌だ。待たない」

真顔でそう言うと、彼はわたしを抱き締めたまま、わたしのうなじに顔を押しつけた。そして、そこに温かな舌を這わせながら、わたしの左右の乳房に触れ、お世辞にも豊かとは言えないそれを、薄手のサテンのジャケットの上からゆっくりと揉みしだき始めた。

「あっ、いやっ……ゆーと、待ってっ……」

彼の手を夢中で押さえつけて、わたしは言った。自分でも意外なほどに、その声はエロティックだった。「ああっ、ダメっ……お願いだから、ちょっと待ってっ……」

わたしはなおも訴えた。けれど、彼はその訴えを無視して、黒いサテンのショートジャケットのボタンを上から順番に外し始めた。右手でボタンを外しながら、彼は左手でわたしの左の乳房を執拗に揉みしだいていた。

胸を揉まれるたびに、自分でも驚くほどに股間が潤んでいった。それがはっきりとわかった。

「ああっ、ダメっ……ダメっ……ダメっ……」

しなやかに動き続ける彼の手を押さえ、わたしは声を喘がせながら訴えた。全身から力が抜け、今にもしゃがみ込んでしまいそうだった。

「見せてよ、マーチ。見せて」

ジャケットのボタンをすべて外し終えた彼が言った。彼の声もまた上ずっていた。

その直後に、彼がわたしから、黒いサテンのそれを脱がせ、今度はブラウスの小さなボタンをやはり上から順番に、慣れた手つきで外し始めた。

「待って、ゆーと……ああっ、いやっ……待って……お願い……」

体をよじってわたしは言った。乳房を揉まれるたびに次から次へと快楽が湧き上がってきて、じっとしていることができなかった。

彼はたちまちにして、ブラウスのボタンを外し終わり、それを左右に大きく広げた。そして、美しいレースに彩られたブラジャーのカップに触れ、それを首のほうにぐっと強く押し上げた。

そのことによって、ふたつの乳房が剝き出しになってしまった。

「あっ、いやっ……向こうの人に見られちゃう」

目の前の窓ガラスに両手を突き、わたしは身を仰け反らせた。

「見せてあげればいいじゃないか。きっと、みんな喜ぶよ」

剝き出しになった乳房を、両手で揉みしだきながら彼が言った。わたしには見えなかったけれど、笑っているようだった。「全部見せてよ、マーチ。マーチのすべてを見たいんだよ」

そう言った直後に、彼がわたしを抱き起こし、白い薄手のブラウスを易々(やすやす)と剝(は)ぎ取ってしまった。

「あっ、ダメっ！」

わたしは必死で胸に手をやり、押し上げられたブラジャーのカップを元の位置に戻そうとした。

そんなわたしのうなじに、彼が再び舌を這わせ始めた。その後は耳に唇を押し当て、ピアスの揺れるそれを何度か軽く嚙んだ。

それらの行為のすべてが、さらに強烈な性的な快楽を運んできた。押し寄せる快楽の波に、今にもさらわれてしまいそうだった。

わたしはブラジャーを元通りにするのを諦め、再び前方に身を屈めて目の前のガラスに両手を突いた。ほっそりとした左手の小指で、プラチナのピンキーリングが強く光るのが見えた。

「待って、ゆーと……ああっ、いやっ……あっ、ダメっ……ダメっ……」

ひんやりとした窓ガラスに両手を突いたまま、声をひどく喘がせてわたしは訴えた。脚に力を入れて何とか立ってはいたけれど、頭の中が真っ白になり、ほとんど何も考えられなかった。額や鼻先が何度となくガラスにぶつかり、わたしの吐く息でガラスが真っ白に曇った。

「何がダメなんだい？　言ってごらん、マーチ」

彼の声が聞こえた。熱い息が首筋に吹きかかった。

わたしは背後を振り向こうとした。だが、その前に彼がわたしのスカートの中に深々と手を差し込み、尻に張りつくかのようなタイトなミニスカートを、腰の上まで力任せに捲り上げた。そして、自分は素早く身を屈めながら、薄いナイロン製のパンティストッキングを引き下ろし、小さなショーツをたちまちにして足元まで引き下ろした。

「あっ！　ダメっ！」

ガラスに両手を突き、ひんやりとしたそこに頰を押しつけてわたしは言った。剝き出しになった尻や太腿が、外気とじかに触れているのが感じられた。

こんなふうになることは、ここに来た時点である程度は予想していた。こうなることを期待しているところも、なくはなかった。

けれど、その展開のあまりの速さに、戸惑わずにはいられなかった。

わたしは彼のことを、まだほとんど何も知らなかった。

12

ショーツが足首まで引き下ろされた直後に、分泌液ですっかり潤んでいたわたしの性器に、背後から何かが無造作に宛てがわれた。

何かが？

いや、それが何であるかは、三十四歳になったわたしにはよくわかっていた。

「入れるよ。いいね、マーチ？」

彼が宣言した。そして、わたしの返事も待たずに、剝き出しになったわたしの尻を両手で強く摑み、硬直した男性器を背後から一気に突き入れた。

その瞬間、言葉にできぬほど強烈な刺激が、股間から脳天に向かって肉体を一直線に走り抜けた。

「うっ……あっ……いやっ！」

わたしは窓ガラスに爪を立て、そこに顔を押しつけて声をあげた。

男性器の挿入を受けるのは実に久しぶりのことだった。わたしの意思とは無関係に体がぶるぶると震えた。

男性器がわたしの中に完全に沈み込むと、彼はしばらく動かずにいた。わたしもまた、窓ガラスに顔を押しつけたまま、身動きせずにじっとしていた。太腿の内側の筋肉が痙攣(けいれん)するのがわかった。

わたしには彼の性器はちらりとも見えなかった。それにもかかわらず、たった今、自分の中に埋没しているそれが、とてつもなく太くて、とてつもなく巨大なものだということをはっきりと感じ取っていた。

やがて、わたしの尻をがっちりと押さえ込んだまま、彼が腰を前後に打ち振り始めた。彼が腰を突き出すたびに、石のように硬い男性器が子宮に荒々しく激突した。そう。それはまさに激突という表現がぴったりだった。ふたりの肉がぶつかり合う鈍い音が、わたしの耳に絶え間なく飛び込んできた。

「あっ……いやっ……ダメっ……あっ……うっ……いやっ……」

目の前の窓ガラスに両手を突き、そこに額を押しつけ、吐く息でガラスを白く曇らせながら、わたしは意味をなさない声をあげ続けた。

出会ったばかりの男にそんな声を聞かせることが、ひどく恥ずかしいことに感じられた。ましてその男は、わたしより十歳も年下なのだ。

けれど、その浅ましくて、はしたない声を抑えることが、どうしてもできなかった。彼の行為によって与えられる刺激は、それほどまでに強烈なものだった。

彼は腰を前後に激しく打ち振り、子宮を乱暴に突き上げながら、わたしの乳房を揉みしだき続けていた。それだけでなく、わたしの股間に右手を伸ばし、クリトリスと呼ばれる突起にまで刺激を与えた。

「あっ、ダメっ！　そこはいやっ！」

クリトリスはわたしの最大の性感帯だった。そこに刺激を受けたことによって、わたしは失神する寸前の状態に陥っていた。

二本の脚がガクガクと激しく震えた。必死に踏ん張ってはいたけれど、今では立っているのが難しいほどになっていた。

「マーチって、感度が抜群なんだね」

嬉しそうな彼の声が聞こえたけれど、わたしには返事をする余裕などなかった。

行為の途中で彼が背後からわたしの髪を鷲摑みにし、髪を引っ張ってわたしを無理やり振り向かせた。そして、淫らな声をあげ続けているわたしの唇を、飢えた肉食獣のように荒々しく貪った。

「むっ……むうっ……うむうっ……」

唇を重ね合わせたまま、わたしは彼の口の中に呻きを漏らした。ふたりの歯がぶつかり合い、カチカチという硬質な音を立てた。

彼は十秒以上にわたって、わたしの唇を執拗に貪り続けていた。だが、その後はまた両手でわたしの乳房を乱暴に揉みしだき、わたしのうなじに舌を這わせながら、腰を前後に荒々しく打ち振った。彼はクリトリスにも断続的に指先で刺激を与えていた。

こんなところで、立ったまま、こんなにも無防備に犯されている……十歳も年下の男から一方的に、やりたい放題に犯されている……出会ったばかりで、どこの誰ともわからない年下の男に、こんなにも完全に支配され、これほどまでに服従させられ、まるで性の奴隷でもあるかのように徹底的に犯されている。

ほとんど何も考えられなくなった頭の片隅で、わたしはそんなことを思っていた。そして、そう思うことで、より一層の高ぶりを覚えていた。

わたしは目の前の窓ガラスにしがみつくようにして立っていたが、背後で明かりが灯るのを感じて振り向いた。

その白い光は彼が手にしたスマートフォンからのものだった。

彼が今のわたしの姿を撮影しようとしているのだ。

「あっ、ダメっ！　撮らないでっ！」

背後を振り向き、声を喘がせてわたしは言った。こんなところを撮影されるなんて、思ってみたことさえなかった。

「大丈夫だよ、マーチ。顔は写さない。あとでこの動画をTwitterにアップするといいよ。マーチのファンの男たちが、きっと大喜びするよ」

彼もまた声を喘がせてそう答えた。そのあいだも、彼は絶え間なく腰を打ち振り続けていた。

「顔は……顔は写さない……でね」

喘ぎ悶(もだ)えながら、わたしはようやくそれだけを口にした。

「ああ。写さない。約束する」

そう答えた直後に、わたしの姿を背後から撮影し始めた。

撮られている……こんな淫らな姿を撮影されている……。

わたしはそう思い、そのことにまたひどく高ぶった。

快楽は刻々と募り続け、やがて……凄(すさ)まじいまでの性的絶頂がやってきた。それはまさに、目眩(めくるめ)くほどの快楽だった。

「あっ……ダメっ……あっ……あああああああああああーっ！」

わたしは窓ガラスに爪を立て、全身をビクビクと痙攣させながら、部屋中に響き渡るほどの大声をあげた。

性行為でこれほどの快楽を覚えるのは、たぶん、それが初めてだった。

浅ましい……。

真っ白になった頭の片隅で、わたしはぼんやりとそう思った。

13

わたしは性的絶頂に達したけれど、彼はまだその瞬間を迎えていないようだった。

「今度はわたしがしてあげる」

彼に向き直ってそう言うと、わたしは彼の足元に自分から跪いた。

そんな姿勢をとったことによって、彼の股間がわたしの顔のすぐ前に位置するようになった。

彼はいつの間にか、ジーンズとボクサーショーツを脱ぎ捨て、下半身を剝き出しにしていた。その股間では目を逸らしたくなるほどに巨大な男性器が、ほとんど真上を向いてそそり立っていた。それほどに巨大なものが自分の中に埋没していたとは、にわかには信じられないほどだった。

わたしを見下ろして彼が無言で頷いた。

部屋の中は暗かったし、ぼさぼさの前髪が目を隠していたけれど、わたしを見つめるその目に欲望が満ちているのがはっきりとわかった。

わたしはオーラルセックスをするのが好きではなかった。恋人から強く求められればばしかたなしにしたけれど、仁王立ちになった男の足元に跪いて、尿の排泄器官でもあるそれを口に押し込まれることに、いつもとても強い屈辱を感じたものだった。まるで自分が支配されて、奴隷になっているような気分になってしまうのだ。

けれど、今夜は彼にそれをしてあげたかった。彼はわたしに目眩くような快楽を与えてくれたのだから、そのお礼のつもりだった。

ジェルネイルに彩られた細い指で、わたしは彼の性器をそっと掴んだ。そして、彼の股間にさらに顔を近づけ、しっかりと目を閉じ、口をいっぱいに開け、わたしの手首より遥かに太いと思われる巨大なそれに静かに唇を被せていった。

「ああっ……」

わたしが男性器を口に含んだ瞬間、呻くような彼の声が真上から聞こえた。その直後に、彼の両手がわたしの髪をがっちりと、髪が抜けてしまうのではないかと思うほど強く鷲掴みにした。

痛い……。

わたしはそう訴えようとした。けれど、口を塞がれているわたしに、それができるはずもなかった。

すぐに彼がわたしの顔を前後に打ち振り始めた。最初はゆっくりと静かに……やがて少しずつ速く……その後は荒々しく、乱暴に……彼はわたしの顔を前後に振り動かした。

恐ろしく巨大な男性器が濡れた唇を擦りながら出たり入ったりを繰り返し、喉の奥をずん、ずん、ずん、ずんと荒々しく突き上げた。耳に下げた大きなピアスが、前後左右に激しく揺れた。

それほどまでに激しく口を犯されるのは、たぶん、これが初めてだった。

「むっ……うむっ……むうう……」

あまりの息苦しさに、わたしは唇のあいだからくぐもった呻きを漏らし続けた。口から溢れ出た唾液が、顎の先からたらたらと滴るのがわかった。

彼は執拗に、わたしの顔を打ち振り続けた。その行為は本当に乱暴だったから、自分から進んでこんなことを始めてしまったことを、わたしはたちまちにして後悔した。

何度目かに喉を突き上げられた時に、わたしはたまらず男性器を吐き出した。そして、華奢な体をよじり、床に両手を突いて、ゴホゴホと激しく咳き込んだ。

「もうダメ……苦しい……もう許して、ゆーと……」

十歳年下の男を見上げてわたしは訴えた。自分から始めたことではあったけれど、これが限界だった。いつの間にか滲み出ていた涙で、整った彼の顔がぼんやりと霞んで見えた。

「いいから、続けて」

わたしの髪を鷲摑みにしたままの彼が命じた。

「もう許して、ゆーと……お願い……このままだと吐いちゃう」

頭上を見上げて、わたしは哀願した。本当に嘔吐してしまいそうだった。

「続けて、マーチ。続けるんだよ」

彼が冷たく命じた。その手では今もわたしの髪をがっちりと摑んでいた。

年下の男に命令されていることに、わたしは強い屈辱を覚えた。けれど、逆らうことなく、わたしはまた唾液にまみれた男性器を深々と口に含んだ。

わたしが男性器を咥えるのを待ちかねたかのように、髪を鷲摑みにしている彼が、またわたしの顔を前後に激しく打ち振り始めた。

喉を突き上げられるたびに、強い吐き気が喉元まで込み上げてきた。けれど、わたしはその吐き気に懸命に耐え、唇をすぼめ、鼻腔を広げ、頰を凹ませて巨大な性器を必死で咥え続けた。

苦しくてしかたなかったし、言いようもない屈辱を覚えてもいたけれど、こんなふうに乱暴に口を犯されていることに、わたしはまた性的な高ぶりを覚えていたのだ。

自分では気がつかなかったけれど、もしかしたら、わたしにはマゾヒスティックな一面があるのかもしれなかった。

いったい、どれくらいのあいだ、彼に口を犯されていたのだろう。半開きの形に固定した顎が疲れ切り、酸欠で頭がぼうっとし、首の筋肉が鈍い痛みを発し始めた頃、頭上で彼が低く呻いた。その直後に、口の中の男性器が規則正しい痙攣を始めた。

男性器は痙攣を繰り返すたびに、わたしの舌の上にどろりとした液体を放出していった。その量はあまりにも多くて、その一部が唇の端から溢れ出た。

痙攣が終わるのを待って、彼が男性器をわたしの口から引き抜いた。

彼の精子が無数に含まれているはずの液体を口に含んだまま、わたしは涙に潤んだ目で彼を見上げた。

「飲みなさい、マーチ……口の中のものを飲み干しなさい……」

欲望に潤んだ目でわたしを見下ろした彼が命じた。

命じられたことに、わたしはまたしても屈辱を覚えた。会ったばかりの男の精液を嚥下することにも強い抵抗を感じた。

けれど、わたしは逆らうことなく、口の中のどろどろとした液体を何度かに分けて飲み下した。

自分の喉が鳴る、こくん、こくんという小さな音が、わたしの耳に届いた。

そして、わたしは彼の体液が、わたしの強い渇きを癒やしてくれるような気がした。

その晩、荒川のほとりに摩天楼のように聳え立つタワーマンションの空き部屋で、わたしは壁に寄りかかった彼にもたれるようにして眠った。

いや、ぐっすりと眠ったわけではなかった。途切れ途切れの浅い微睡(まどろ)みを、何度となく繰り返しただけだった。

きっと彼もわたしと同じような状態だったのだろう。彼は時折、わたしの体を抱き寄せたり、髪を梳(す)くようにそっと撫でたり、わたしの頬や額に唇を押し当てたりしていた。

彼からそんな愛撫を受けながら、わたしはかつてないほど安らかな気持ちになっていた。まるで母鳥の羽の下で眠る雛(ひな)のようだった。

ずっと茨(いばら)の道を歩いて来たけれど、ついに来るべきところに来られた。わたしにもついに幸せな日々が訪れるんだ。

彼にもたれて微睡みながら、わたしはそんなことを感じていた。

彼については、今も何も知らなかった。それでも、彼となら、うまくやっていけそうな気がしていた。

エアコンの効いた室内は暖かかった。そして、彼の体もとても温かかった。

幸せになれるんだ。これからはもう、渇きを覚えることはなくなるんだ。

わたしは繰り返し思った。これほどの幸福感に包まれたのは、もしかしたら、これが初めてかもしれなかった。

14

朝がきた。カーテンもロールスクリーンもない殺風景な部屋の中が、少しずつ、少しずつ明るくなっていった。どうやら、きょうもいい天気になりそうだった。

朝は毎日、必ずくる。けれど、この朝はわたしにとって特別だった。

そう。きょうからわたしは変わるのだ。きょうからわたしは、新しい人生を歩むことになるのだ。

そう考えると、うきうきと心が弾んだ。年下の男は好きではなかったけれど、彼となら、きっとうまくやっていけると、今では確信していた。

「おはよう」と声を掛け合った彼とわたしは、どちらからともなく立ち上がって身支度を始めた。わたしは自宅に戻り、入浴や着替えを済ませてから出勤するつもりだった。

強い幸福感は、少しも衰えることなく続いていた。嬉しくて、嬉しくて、鼻歌を口ずさんでしまいそうだった。

さっき化粧を直そうとコンパクトを開いたら、そこにはとても幸せそうな顔をしたわたしが映っていた。そんなに幸せそうな自分の顔を目にしたのは、本当に久しぶりだった。今夜は仕事の帰りにシャンパーニュと豪華なお惣菜を買ってきて、久しぶりに自宅でお祝いをしようと考えていた。

彼より先に身支度を終えたわたしは、浮かれた気分を抱えたまま荒川に面した西側の窓に歩み寄った。

昨夜、その窓から眺めた夜景は息を呑むほどに素敵だったけれど、朝の眺めも夜のそれに負けていなかった。荒川の対岸にずらりと立ち並んだビルの窓が上ったばかりの太陽を眩(まぶ)しく反射し、窓を光らせているビルの数々が川面に美しく映っていた。朝日に照らされたその川面を、長い航跡を残して小舟が下っていった。

遥か向こうには新宿の高層ビル群や東京タワーが見えた。もっと向こうには丹沢だと思われる山並みと、雪を被った富士山が見えた。

わたしは浮かれた気分で、窓ガラスにハーッと息を吐きかけた。そして、ジェルネイルに彩られた指先で、白く曇ったそこに小さな花の絵を描いた。

そんなわたしを、彼がすぐ近くで見つめていた。

「ここに住むことになる人、このお花に気づくかな?」

笑みを浮かべてわたしは言った。

そう。わたしは笑っていた。きのうの夜から、数え切れないほど何回も笑っていた。

「その前に窓を拭くんじゃないかな?」

彼が言った。女のようにも見える整った顔に、優しげな笑みが浮かんでいた。

「そうだよね」

「さっ、行こうか」

ワークジャケットを身につけた彼が玄関へと向かい、わたしは豪華な室内を名残惜しげに見まわしてから、彼に続いて玄関へと歩き出した。

「またメールするね」

玄関でパンプスを履きながら、彼を見上げてわたしは言った。

その瞬間、それまで微笑んでいた彼が、ひどく驚いたような顔をした。

「えっ? メールって……もう会わないよね?」

わたしの目を見つめた彼が言った。

その言葉に、今度はわたしがびっくりした。

「えっ……会わない? どうして?」

「一度だけの約束だよね？　そうだったよね？」

突き放したかのような口調で、彼がそう言葉を続けた。わたしに向けられたその顔に、もはや笑みはなかった。

「そうだったかもしれないけど……でも……わたしたち、もう……」

「俺からは連絡しない」

わたしの言葉を遮るようにして彼が言った。その目には冷たい光が宿っていた。「だから、そっちからも連絡しないでもらいたいんだ。これっきりにしよう。それでいいよね？」

きっぱりとした口調で言うと、彼が玄関のドアを開けた。

頭の中が真っ白になるのを感じながらも、わたしは彼を見つめて頷いた。


廊下を歩いている時も、エレベーターに乗ってからも、エントランスホールでも、彼は押し黙ったままだった。わたしもまた、何も言わなかった。強い吐き気が喉元まで込み上げていた。体も少し震えているようだった。

マンションのすぐそばの通りまで来るとすぐに、彼が車道に身を乗り出すようにして走ってきたタクシーを止めた。そして、タクシーの後部座席にさっさと乗り込むと、わたしを待たずにドアを閉めさせ、そのまま走り去ってしまった。

彼は別れの言葉を口にするどころか、わたしのほうに視線を向けることさえしなかった。

わたしにできたのは強くなる吐き気に耐えながら、小さくなっていくタクシーを茫然と見つめることだけだった。

癒えたと思っていた渇きが、全身に広がっていくのを、わたしははっきりと感じていた。

第三章

1

いつもと同じように、さやかはきょうも朝から元気いっぱいで、訪れる客たちを相手に満面の笑みで接客を続けていた。

そんなさやかとは対照的に、わたしのほうは立ち上がる気力も湧かず、レジカウンターの後ろに置かれた椅子に無表情に座り込んでいた。凄まじいまでの倦怠感と自己嫌悪に包み込まれていたのだ。

「店長、どうかしたんですか？　体の具合でも悪いんですか？」

結局は何も買わなかった客を笑顔で送り出したさやかが、わたしのすぐ脇に歩み寄って心配そうに尋ねた。コケティッシュなさやかの顔には、きょうも濃密な化粧が施されていた。

「ごめん。ちょっと頭が痛くて……」

わたしはそう言い訳をした。微笑もうとしたけれど、どうしてもそれができなかった。

「風邪でもひいたんですかね？　季節の変わり目ですからね」

「そうかもしれない。迷惑かけて、ごめん」

ぎっしりとエクステンションが取りつけられたさやかの目を見つめ、わたしは力なくそう口にした。

「気にしないでください。具合の悪い時はお互い様ですから……具合が悪いようでしたら、早退してもいいですよ。きょうはあまり立て込まなさそうだから、わたしひとりでも大丈夫だと思います」

「うん。ありがとう。でも、あの……もう少しだけ、様子をみてみる」

小声でそう答えると、わたしは顔を歪めるようにして何とか笑みを作った。

ちょうどその時、また店に客が入ってきて、さやかは「いらっしゃいませ」と大きな声で言うと、その客に歩み寄っていった。

そんなさやかの華奢な背中を見つめて、わたしは大きな溜め息を漏らした。この世から消えてしまいたいような最悪の気分だった。

バイヤーを辞めさせられてからのわたしは、毎日、やりきれないような思いを抱いて鬱々と生きていた。けれど、きょうのわたしはいつもとは比べ物にならないほど鬱々としていた。自分がとんでもない愚か者に思えて、とてつもない自己嫌悪に陥り、とてつもなく落ち込んでいたのだ。

あぁっ、何て馬鹿だったんだろう。畜生……畜生……畜生……。

今朝から何十回も思ったことを、歯ぎしりをしたいような気持ちで、今またわたしは思った。

そう。昨夜、わたしがしたことは、名前も経歴も職業も、実際の年齢も知らない年下の男に、これでもかというほどもてあそばれ、徹底的に凌辱されたというだけのことだった。

今朝、彼がタクシーで走り去った直後に、わたしは脚をふらつかせながら近くにあったファストフード店に入った。そして、そのトイレで便器の前に蹲り、喉の奥に指を押し込み、何度も繰り返し嘔吐した。嚥下することを強いられた多量の体液を、何としてでも吐き出してしまおうと思ったのだ。

あんな男の体液を嬉々として飲み下したことを思い出すと、おぞましさと嫌悪感に鳥肌が立った。荒々しく犯された女性器が、疼くような痛みを発していた。

2

結局、わたしはさやかに謝罪してから早退させてもらった。抜け殻のような状態のわたしが店にいても、せっかく店を訪れてくれた客たちに不快な思いをさせるだけで、何の役にも立たないと考えてのことだった。

思ったより、きょうは立て込んでいたから、さやかは少し不安げな顔をした。けれど、文句は言わずに、わたしを笑顔で送り出してくれた。

凄まじいまでの倦怠感と自己嫌悪を抱えたまま、ふらつく足取りでようやく自宅に戻ったわたしは、部屋着に着替えることもせず、冷蔵庫から出した缶ビールを持って部屋の片隅のソファに蹲るかのように座り込んだ。そして、まったく美味(おい)しいと感じられないビールを無理に流し込みながら、午後の太陽に照らされているオフホワイトのレースのカーテンを茫然(ぼうぜん)と見つめた。

昨夜、ボートレース場近くの薄汚れた店を出てから、わたしは何も食べていなかった。けれど、空腹はまったく感じなかった。

窓にかけられたカーテンを見つめて、わたしは思い出した。昨夜、年下の男の足元に跪き、抜けるほど強く髪を摑まれ、いきり立った男性器を乱暴に口に押し込まれていた時のことを思い出した。顔を前後に打ち振らされ、硬直した男性器で喉を絶え間なく突き上げられ、込み上げる吐き気に必死で耐えていた時のこと、を。

思い出したくなどなかった。けれど、あの男から荒々しく口を犯されていた時のことが、どうしようもなく頭に浮かんできて、どうしてもそれを振り払うことができなかった。

あの時は、自分と彼とはこれから特別な仲になるのだと思っていたから、あんな屈辱的なことにも耐えることができた。けれど、今では思い出すだけで叫び声をあげてしまいそうだった。

「ああっ、畜生。何て馬鹿だったんだろう……畜生……畜生……畜生……」

叫びたい気持ちを懸命に抑えて、わたしは繰り返し呟いた。悔しくてたまらなかったし、自分の愚かさが恨めしかった。

「畜生……畜生……畜生……」

ビールの缶を握り締めて、わたしはさらに呟き続けた。気がつくと、いつの間にか、目には悔し涙が浮かんでいた。

涙ぐみながら、ぼんやりとカーテンを見つめ続けていると、すぐ脇にあったバッグの中でスマートフォンがTwitterの着信音を発信した。

わたしはバッグに手を伸ばすと、その中からスマートフォンを取り出し、Twitterの画面を開いた。

そこにあの忌まわしい男、『ゆーと@rain_you10』からのダイレクトメッセージが届いていた。

どういうつもりだろう？　気が変わって、また会おうというのだろうか？

微かな期待が胸に湧き上がるのを感じながら、わたしは指先を震わせてそのメッセージを開いた。

その瞬間、淡い期待はたちまちにして砕け散った。

『ゆーと@rain_you10』から送られたメールに文章はなく、その代わりに動画が添付されていた。立ったまま、男に背後から犯されている女の姿を撮影した動画だった。

わたしは震える手でスマートフォンを握り締め、小さなモニターの中で喘ぎ悶えている女の姿をぼんやりと見つめた。

女は目の前にある窓ガラスに両手を突き、そこに顔を押しつけたり、髪を振り乱して頭上を振り仰いだりして激しく喘いでいた。女の口から絶え間なく吐き出されている息が、顔のすぐ前にある窓ガラスを白く曇らせていた。その窓ガラスの向こうに、立ち並ぶビルの灯り(あか)が見えた。

『あっ……いやっ……ダメっ……あっ……うっ……いやっ……』

耳を塞(ふさ)ぎたくなるほど淫(みだ)らな喘ぎ声が、わたしの耳に飛び込んできた。

その女はかなり痩せていて、脇腹に肋骨(ろっこつ)の一本一本がはっきりと見えた。背中には天使の羽のような肩甲骨が浮き上がっていて、ウエストの部分が細くくびれていた。長く伸ばした女の爪は、鮮やかなジェルネイルに彩られていた。ほっそりとした女の左の小指にはプラチナのピンキーリングが嵌(は)められ、骨ばった右の手首には華奢(きゃしゃ)なプラチナのブレスレットが巻かれていた。

『ああっ、ダメっ……感じるっ……あっ……いやっ……そこは、いやっ……』

アダルトビデオの女優のように、その女は激しく乱れていた。見ているだけで、赤面してしまうほどだった。

女の顔は映っていなかったし、女が漏らしている喘ぎ声も自分のものとは思えなかった。けれど、そこで淫らに喘ぎ悶えている女は、間違いなく、昨夜のわたしだった。そのピンキーリングもブレスレットも、どちらもわたしのものだった。

アダルトビデオの女優さながらに喘ぎ続けた末に、女はジェルネイルが施された長い爪を窓ガラスに突き立て、ほっそりとした全身を激しく痙攣させて性的絶頂に達した。

「あっ……ダメっ……あっ……ああああああああーっ！」

絶叫する女の生々しい声が部屋の中に響き渡った。

3

翌朝になっても、凄まじいまでの倦怠感は続いていた。ベッドに体を起こすことさえ難しいほどだった。

それでも、わたしは何とかベッドを出て、いつものように出勤した。けれど、店に着いても何をする気にもなれず、レジカウンターの後ろに蹲るかのように座って、接客をしたり、服を畳んだり、マネキンの服を着替えさせたりしているさやかの様子を、虚ろな目でぼんやりと見つめていた。

「店長、まだ具合が悪いんですか？」

マネキンの着替えをしていた手を休めて、さやかが心配そうな顔をして訊いた。

「うん。ごめん。でも、きのうよりは、あの……少しはよくなったみたい」

無理に微笑みながらそう答えたけれど、それは嘘だった。昨夜もビール以外のものを何も口にしていなかったから、きょうは体にまったく力が入らず、立っていることさえ一苦労だった。

「そうですか？　それならいいんですけど……あまり無理はしないほうがいいですよ」

わたしに歩み寄りながら、さやかが言った。彼女はわたしのことを、心から心配してくれているようだった。


せっせと働いているさやかを尻目に、わたしは頻繁にスマートフォンを取り出し、Twitterの画面を開いた。

昨夜、あの忌まわしい男、『ゆーと@rain_you10』が送りつけてきた淫らな動画を、わたしは音声を消してから自分のTwitterにアップしていたのだ。

そんなことをしたのは、『もうどうなってもいいや』という、自暴自棄な気持ちからだった。『これほど刺激的な動画を投稿したら、みんなはいったいどんな反応をするのだろう』という好奇心みたいな気持ちもあった。

背後から荒々しく犯されているわたしの映像を見た者たちの反響は、わたしの予想をはるかに超えていた。

『いいね』

あの動画には、これまでとは比べ物にならないほど多くの『いいね』がつけられた。そして、これまでとは比べ物にならないほど多くのダイレクトメッセージが送られてきた。

『ありがとう、March。よくぞここまで見せてくれた！』『エロいよ。エロいよ。エロすぎるよー』『Marchの動画で、今夜は五回も抜けた!!』『相手の男は誰ですか？　恋人？　それとも、行きずりの男？』『俺にもさせて！　後ろからやらせてっ！』『Marchの喘ぎ声が聞きたい。聞かせてー。声を聞かせてー』

そんな男たちの中のひとり、『Marchさん、わたしとも会っていただけませんか？　もちろん、ただでとは言いません。ちゃんとそれなりのお礼をいたします』というメッセージを送ってきた男に、昨夜、わたしは少し迷った末にメッセージを送り返した。男たちから送りつけられたダイレクトメッセージに返信をするのは、『ゆーと@rain_you10』に続いてふたり目だった。

その男に返信をしたのは、何となく、ほかの男たちよりは品があるような気がしたからだった。もしかしたら、その男がわたしの渇きを癒やしてくれるかもしれないという、藁にも縋るような気持ちもなくはなかった。

『いいですよ。会いましょう。待ち合わせはどうしましょうか？』

わたしがメッセージを送るとすぐに、その男から返信がきた。

そして、わたしは今夜、店が終わってから、どこの誰とも知れないその男と青山で待ち合わせることにしていた。

自分がとんでもなく愚かなことをしていることは、わたしにもはっきりとわかっていた。

これではまるで売春婦だった。

けれど、もうどうでもよかった。

そう。わたしはとことん、愚かになりたかったのだ。墜ちるところまで墜ちてみたかったのだ。

4

社長の北村圭吾が店にやってきたのは、時計の針が間もなく『12』という数字のところで重なろうとしていた時だった。

「あっ、社長。おはようございます」

満面の笑みを浮かべたさやかが、北村に向かってぺこりと頭を下げた。

「ああ、おはよう」

北村がさやかに返事をしたが、その顔には笑みではなく、苦虫を噛(か)み潰(つぶ)したような表情が貼りついていた。

わたしは挨拶をする気力も出ず、無言で北村のいかつい顔を見つめて小さく頭を下げた。

そんなわたしを見つめて、仏頂面(ぶっちょうづら)をした北村が「真知子、今、ちょっと出られるか?」と訊いた。

「わたしに何か用ですか?」

つっけんどんにわたしは訊き返した。相手が誰であろうと、今は話をしたい気分ではなかった。

「うん。まあ……そうなんだ」

「話があるなら、ここでどうぞ」

刺々(とげとげ)しい口調でわたしは言った。

北村が人員整理のために、役立たずのわたしをまず解雇するつもりなのではないかと思っていたのだ。

「できれば、あの……ふたりきりで話したいんだ」

ためらいがちに北村が言い、気を利(き)かせたさやかが、「わたしが外しましょうか?」と口にした。

「いいよ、わたしが出る。さやかは店にいて」

相変わらず、刺々しい口調でそう言うと、わたしは「よっこらしょ」と言いながら立ち上がり、北村には視線も向けず、店の出入り口に向かって歩き始めた。

先に店を出たわたしは、入り口のガラス扉のすぐ前で北村を待った。

葉を落としたプラタナスがどこまでも立ち並ぶ青山通りに、日々、強くなっていく春の日差しが燦々と降り注いでいた。ここ数日と同じように、きょうもとても暖かかった。歩いている女たちの多くが春らしい洒落た装いをしていた。

さっきスマートフォンで見たネットニュースによれば、靖国神社の桜がついに開花したようだった。あと一週間もすれば、東京の桜はどれも満開になるはずだった。

わたしのあとを追うようにして、すぐに北村が店から出てきた。店の中でさやかが、不安げにも見える視線をこちらに向けているのが見えた。

「話って、何ですか？」

やはり、つっけんどんにわたしは訊いた。

「うん。真知子も知っての通り、店の経営が本当に思わしくなくてさ……というより、かつてないほどに悪くて、このままじゃあ、そうだな……あと半年と保たないんじゃないかと思うんだ」

いかつい顔を苦しげに歪めた北村が、その顔を左右に振り動かしながら言った。

北村は決してチビではなかった。けれど、わたしのパンプスの踵がとても高いせいで、わたしたちの目の位置はほとんど同じ高さになっていた。

かつては命そのもののようにエネルギッシュだった北村は、最近ではすっかり元気がなくなり、体もひとまわりほど小さくなったように感じられた。

「そうでしょうね。このままの状態が続けば、アストランティアは半年もしないうちに倒産でしょうね」

突き放したかのようにわたしは言った。

かつてのわたしは『アストランティア』を心から愛していた。あの頃のわたしだったら、この経営危機から脱するために、いろいろと知恵を絞ったに違いなかった。

けれど、今はそうではなかった。今のようにセンスのかけらも感じられないような店なら、どうなってもいいと思っていたのだ。

「それでさあ、真知子。あの……俺にもう一度、力を貸してくれないかな？」

北村が縋るような目つきでわたしを見つめた。

北村がわたしを解雇するためにやって来たのだと思っていたわたしには、彼の口から出た言葉は意外だった。

「力を貸せって……どういうことです？」

「だから、会社を立て直すために、お前に提案をしてもらいたいんだよ」

「今さら何を言っているんです？　わたしからバイヤーの仕事を取り上げたくせに……」

わたしは精いっぱいの皮肉を込めて北村を見つめた。バイヤーを辞めさせられたことで、わたしは今も北村を恨んでいた。

「なあ、真知子。今になって、そんな古い話を蒸し返すなよ。あの時はしかたなかったんだ。それはお前にだって、よくわかっているだろう?」

「わたしなんかに相談するより、さやかに訊いてみたらどうです? 何かいいアイディアが出てくるかもしれませんよ」

店内から心配そうにこちらを見ているさやかを顎で指し、蔑みの笑みを浮かべてわたしは言った。

「いやあ、何て言うか……宣伝の意見を聞くぐらいなら彼女でもいいんだけど……今はその場の思いつきで乗り切れるような状態じゃないんだ。それは真知子も、よくわかっていると思うけどさ」

店内のさやかにちらりと視線をやった北村が、相変わらず、苦虫を嚙み潰したような顔をして言った。

「こんな店、潰しちゃえばいいじゃないですか。きっと、すっきりしますよ」

やはり突き放したような口調でわたしは言った。店がどうなろうと、わたしの知ったことではなかった。

「すっきりって……真知子、お前、ひどいこと言うな」

「一回潰して、もう一回最初から始めればいいじゃないですか」

「無理だよ、そんなこと……俺、もう四十だし……二十代の頃みたいにはできないよ。俺はさ、この店を潰したくないんだよ。従業員たちを路頭に迷わせるようなことはしたくないんだ。だから、真知子、昔のことは水に流して、もう一度、俺に力を貸してくれよ。頼むよ」

今にも泣き出しそうな顔をした北村がわたしを見つめ、声を震わせて力なく言った。

「そんなことを言われても……」

「アストランティアは俺のすべてなんだ。全人生なんだよ。今いる従業員たちも、俺にとっては家族みたいなものなんだ」

「北村さん、そんなふうに思っていたんですか?」

「当たり前じゃないか。だから、真知子、頼むよ。もう一度、俺に力を貸してくれよ。今の俺には真知子の力が必要なんだよ。頼む。この通りだ」

北村がわたしに深々と頭を下げた。

そんな北村の姿を、店の中からさやかが驚いたような顔で見つめていた。

北村を見ていたのはさやかだけではなかった。年下の女に頭を下げている北村を、行き交う人々が不思議そうな顔をして、あるいは、ギョッとしたような顔をして見つめていた。

わたしに頭を下げ続けている北村の、髪の薄くなった頭頂部を見つめて、わたしはふーっと長く息を吐いた。意地や誇りをかなぐり捨てて、一店員にすぎない年下の女に頭を下げている彼の姿を見ていたら、力を貸そうかという気持ちになり始めていたのだ。

わたしはエネルギッシュな北村圭吾が好きだった。横暴で、自信に満ち溢れていて、独裁者だった頃の彼が好きだった。こんな情けない北村の姿は見たくなかった。

「わかりました。わたしでよければ、力になります」

頭を上げた北村の目を、真っすぐに見つめてわたしは言った。

「本当か?」

その瞬間、北村のいかつい顔にパッと笑みが広がった。

「わたし、前に百貨店のセレクトショップとコラボレーションをする企画書を出して、北村さんに即座に却下されたことがありましたよね? まあ、北村さんはそんなこと、まったく覚えていないかもしれませんが……」

「いや、覚えてる。ちゃんと覚えてるよ」

慌てたようにそう言うと、北村が親に叱られた子供のような目でわたしを見つめた。

「何日も考え抜いた末に、ようやく書き上げた自信の企画書だったんですけど……あの時、北村さん、百貨店なんかに頼る必要はないって言って、みんながいる前でわたしの企画書を机の上に乱暴に投げ出しましたよね？」

「そうだったな。あの……あの時はすまなかった。俺がどうかしていいんだ。許してくれ。この通りだ」

北村がまたわたしに深々と頭を下げた。「あの企画書だけどさ……もう一度、出してもらえないかな？」

頭を上げた北村が、縋るような目でわたしを見つめた。

そんな北村を見つめ返し、わたしは無言で頷いた。もう一度、彼の力になってやろうと決めたのだ。

5

その晩、店が終わってから、わたしは『ゆーと@rain_you10』と待ち合わせをしたあの場所で、その男が姿を現すのを待った。

今夜のわたしは、グレイのスーツの上に、ベージュの薄いロングコートを羽織っていた。

そのスーツはバイヤーだった頃にわたしが仕入れたもので、体にぴったりとしていて、スカート丈が短くて、かなり攻めたデザインのものだった。足元はやはり自分が仕入れをした黒いエナメルのハイヒールパンプスだった。

今夜も店を出る前に、わたしは入念な化粧を施し、たくさんのアクセサリーを身につけ、香水をたっぷりと吹きつけていた。

ベンチのすぐ脇にある桜の樹でも、いくつかの花が開いていた。わたしはその桜をぼんやりと見上げた。

どんな男が来るんだろう?

『ゆーと@rain_you10』と待ち合わせたおとといの晩には、わたしはひどくドキドキしていた。けれど、今夜はあの時よりずっと腹が据わっていた。墜ちるところまで墜ちてやるという気持ちが、今も続いていたのだ。

もし、やって来た男がわたしの許容範囲を超えているようだったら、言葉を交わさずにここから立ち去るつもりでいた。

「あの……マーチさんですよね?」

男がわたしに声をかけてきたのは、待ち合わせ場所に着いて三分もしない時だった。

わたしは無言のまま、こちらを見ている男を見つめ返した。

男の年は四十歳前後、社長の北村圭吾と同じぐらいなのだろう。濃紺のスーツ姿のその男は背が高くて、がっちりとした筋肉質な体をしているように見えた。男は洒落た眼鏡をかけていたが、彫りの深い顔立ちをしていて、なかなかハンサムだった。こんな季節だというのに、男はよく日焼けをしていた。

男はその手にフランスの高級ブランドのバッグを提げていた。男が身につけているスーツは、かなり仕立てのいいもので、おそらくはイタリアの高級ブランドの製品だった。ピカピカに磨き上げられた黒い革靴もかなり高価そうに見えた。

この男だったら、相手をしてあげてもいいかな。

その男の全身をまじまじと見つめてわたしはそう思った。

男のほうもわたしを値踏みしていたに違いなかった。男はさりげなさを装いつつも、わたしの体を上から下まで眺めまわしていた。

「マーチさんですよね？」

無言のままのわたしに、男が同じ言葉を繰り返した。日焼けしたハンサムな顔には、穏やかな笑みが浮かんでいた。

「はい。マーチです」

男の目ではなく整った形の鼻を見つめて、わたしは小声で答えた。男は鼻の下に髭を生やしていた。

「こんばんは。あの……僕のことはヒロと呼んでください」

「ヒロさんですね？　ヒロさん、わたしはどうです？　大丈夫ですか？」

おとといの晩、『ゆーと@rain_you10』と待ち合わせた時に言ったのと、同じようなセリフをわたしは今夜も口にした。

「もちろんです。というより、思っていたよりずっと素敵な人で驚きました。マーチさん、僕のほうはどうです？　大丈夫ですか？」

笑みを浮かべたままの男が尋ねた。その口調は不安げではなく、自信に満ち溢れていた。たぶん、こんなふうにして女に会うことに慣れているのだろう。

「ええ。大丈夫です」

笑わずにわたしは答えた。そして、その瞬間、急に不安が込み上げて来た。これからその男と本当に肉体関係を持つのだと思うと、怯(おび)えずにはいられなかったのだ。

「よかった。それじゃあ、行きましょう」

そう言うと、男はわたしの先に立って歩き始めた。

わたしはわずかに躊躇(ちゅうちょ)したあとで、男の背中を追った。

いいの、真知子？　断るなら今しかないのよ。

わたしは自分に問いかけた。けれど、引き返しはしなかった。

『ゆーと@rain_you10』と待ち合わせた時と同じように、わたしたちはすぐにタクシーに乗った。

先に車に乗った男に続いてシートに腰掛けた瞬間、ただでさえ短いスカートの裾が大きくせり上がった。危うくショーツが見えそうになり、わたしは慌ててスカートの裾を引っ張った。

そんなわたしの太腿に、男がちらりと目をやった。

後部座席にわたしと並んで座ると、男が運転手に永田町にある高級ホテルの名を告げた。

「マーチさん、お腹は空いていますか？」

左側にいるわたしのほうに顔を向けた男が、爽やかな笑みを浮かべて訊いた。薄い唇のあいだから、真っ白な歯が覗いた。わたしと同じように、その男もホワイトニングをしているに違いなかった。

「いいえ。お腹は空いていません」

わたしは答えた。『ゆーと@rain_you10』と別れた時から、わたしは一度も空腹を感じていなかった。

「そうですか。僕もそうです」

男がまた爽やかに笑った。洒落たスーツに包まれた男の体からは、柑橘系の香りがほのかに立ち上っていた。

車が走り出すとすぐに、ストッキングに包まれた腿の上に置かれていたわたしの右手を、男が左手でそっと握り締めた。

そのことに、わたしは少し戸惑ったけれど、男の手を払いのけるようなことはしなかった。

男はほっそりとした長い指の持ち主だった。指輪はしていなかったが、日焼けした左手の薬指に指輪の跡がくっきりと白く残っていた。きっと、ここに来る直前まで結婚指輪を嵌めていたのだろう。

タクシーの中では、男はわたしに何も訊かなかった。

お金持ちそうに見えるけど、どんな仕事をしているのだろう？　会社の経営でもしているのかな。

脇に座っている男の様子を、ちらりちらりとうかがいながら、わたしはいろいろなことを想像してみた。けれど、男が無言なのでわたしも何も尋ねなかった。

永田町に聳え立つ二十九階建てのその高級ホテルに、男はすでにチェックインを済ませていたようで、フロントに立ち寄ることはしなかった。

わたしの前に立ってエレベーターに乗ると、男が日に焼けた指で『18』というボタンを押した。エレベーターの中にいるのは、その男とわたしのふたりだけだった。

「部屋を予約してあったんですか?」

音もなく上昇するエレベーターの中でわたしは尋ねた。

「ええ。マーチさんが会ってくれるというから、そのすぐあとで慌てて電話で予約したんです。せっかくマーチさんと会うのに、ラブホテルみたいな安っぽいところには行きたくなかったんでね」

わたしを見つめた男が笑顔で言った。「本当はもっと上の階を予約したかったんです。このホテルの上層階からの眺めは最高なんですよ。でも、残念ながら上のほうはいっぱいで取れませんでした」

その言葉に微かな違和感を覚えながらも、わたしは何も言わずに頷いた。

たぶん、この男はいつもこんなことをしているのだ。Twitterで女たちを頻繁に誘い出し、この高級ホテルの一室に連れ込んでいるのだ。

けれど、そんなことはわたしには無関係だった。

そう。関係ないのだ。その男が結婚していようと、無差別に女たちを誘い出していようと、わたしには何の関係もないのだ。

エレベーターの中には大きな鏡があって、そこに並んで立つ男とわたしが映っていた。ミニ丈のスーツにコートを羽織っている自分の姿を、わたしはじっと見つめた。濃密な化粧が施されたその女の顔には、かなり不安げな表情が浮かんでいた。

わたしがしていることは、売春婦そのものだった。

どうして会うことに同意してしまったのだろう？　わたしはいったい、どういうつもりなのだろう？　いったい、何を求めているのだろう？

唇を噛み締めてわたしは自問した。

できることなら帰りたかった。けれど、こんな一流ホテルの部屋まで予約していた男に、今さら帰るとは言い出せなかった。

6

廊下で足を止めた男が、ポケットから取り出したカードキーを使って目の前のドアを静かに開いた。

ドアの向こうに広がっていたのはスィートルームではなかったけれど、とても広々とした豪華な客室で、かなり大きなベッドがふたつ並べて置かれていた。

その部屋の南側と西側は上から下までがガラス張りで、そこからは発光するビーズをばらまいたかのような大都会の夜景が一望できた。

南を向いた窓からは六本木の街や東京タワーがすぐそこに見えた。西側の窓からは赤坂御用地や明治神宮外苑、それにわたしが勤めている青山の街の光がよく見えた。

「すごい眺めですね」

窓ガラスに鼻先が触れるほど顔を近づけて、わたしは眼下に果てしなく広がる夜景を見つめた。

「そうですね。でも、もっと上の階だと、もっと眺めがいいんですよ」

背後から男が言った。

「あの……このホテルにはよくいらっしゃるんですか？」

男のほうに向き直り、わたしは真顔で尋ねた。

「よくというわけではありません。仕事で時々、利用するんですよ」

平然とした口調で男が言った。

「そうなんですね」

「その窓ガラスはこちらからは向こうが見えても、向こうからはこっちが見えない仕組みになっているんです。だから、カーテンを閉める必要はありません。夜景を眺めながら愛し合いましょう」

窓辺に佇(たたず)んでいるわたしに、ゆっくりと歩み寄りながら男が言った。その目に好色な色が浮かんだのがわかった。

わたしは思わず後ずさった。そのことによって、窓ガラスに背中がぶつかった。

男はそんなわたしにさらに歩み寄り、窓ガラスに背中を押しつけているわたしと向き合うように立った。そして、洒落たスーツに包まれた腕を伸ばし、立ち尽くしているわたしを両手で強く抱き寄せた。

「待って……ちょっと待ってください……」

わたしは男の腕の中で身を悶えさせた。まだ覚悟ができていなかったのだ。

けれど、男はわたしをそのまま強く抱き締め、わたしの唇に自分のそれを重ね合わせると、右手でわたしの左の乳房を服の上から少し乱暴に揉(も)みしだいた。

「うっ……むっ……」

わたしは身をよじりながら、男の口の中に呻(うめ)きを漏らした。

「怖がらなくてもいいですよ。優しく可愛がってあげますから」

唇を離した男が言った。整ったその顔に一段と好色な笑みが浮かんでいた。

わたしは言葉を口にしようとした。けれど、その前に、男がまたわたしの唇を荒々しく貪り始めた。


眼下に果てしなく広がる大都会の夜景を一望できるその豪華な部屋で、わたしはほんの三十分前に出会ったばかりの男に犯された。着ているもののすべてを剝ぎ取られ、大きなベッドに全裸で押し倒され、逞しい腕でそこにがっちりと押さえ込まれて、硬直した男性器を何度も何度も、いやというほど激しく突き入れられた。

服を脱ぎ捨てた男の日焼けした体には贅肉と呼ばれるようなものがひとかけらもなく、腕にも肩にも腿にも胸にも腹部にも、筋肉がもりもりと浮き上がっていた。それはまるでボディビルダーのようで、全身が筋肉の鎧に包まれていると言ってもいいほどだった。

そんな男から力ずくで押さえ込まれたわたしにできたのは、引き締まった男の体に爪を立て、シーツを蹴って身悶えを続けながら、苦しげな喘ぎ声を絶え間なく上げ続けることだけだった。

さっき、男は優しくすると言った。確かに、わたしにそう言った。けれど、男がわたしにしたことは、その言葉とは正反対と言ってもいいようなものだった。

柔道の固め技のようにわたしをがっちりと押さえ込み、男は鬼のような形相で前後に腰を打ち振った。わたしの中に男性器を突き入れ続けながら、わたしの唇を吸い、飢えた赤ん坊のように左右の乳首を激しく貪った。

「ああっ……ダメっ……いやっ……あっ……うっ……ああっ、いやっ！」

次々と襲いかかってくる猛烈な刺激を受け、わたしはベッドマットに後頭部を擦りつけて声を上げ続けた。


筋肉の鎧をまとったその男は、信じられないほどに精力が旺盛だった。

種付けをする雄馬のように、あるいは、疲れを知らない機械のように……男は一時間、いや、それ以上にわたって、まったく休むことなく男性器の出し入れを続けた。わたしを仰向けにさせたり、俯せにさせたり、仰向けになった自分にまたがらせたり、四つん這いの姿勢を取らせたりしながら、延々と犯し続けたのだ。

いったいいつまで続けるのだろう？

行為の途中で、わたしは何度もそんなことを考えた。それほど長時間にわたって性行為を強いられたのは、わたしには初めての経験だった。

四つん這いの姿勢で男性器の挿入を受けている時に、男がわたしのスマートフォンを使って、ベッドに両肘を突いて喘ぎ悶えているわたしの姿を背後から撮影し始めた。

男がそうしたのは、わたしが頼んだからだった。その猥褻な動画を、わたしは音声を消して自分のTwitterに投稿するつもりだった。

二本の脚を左右に大きく広げたわたしの背後に跪き、右手にわたしのスマートフォンを握った男が、左手でわたしの尻を、指の跡が残るのではないかと思うほど強く鷲摑みにして腰を前後に激しく打ち振った。

「ああっ……すごいっ……あっ、いやっ……すごいっ……すごいっ……」

肉体を貫く男性器が荒々しく子宮を突き上げるたびに、わたしは髪を激しく振り乱し、背中を仰け反らせたり、顔をシーツに押しつけたりしながら、嗄れるほど激しく声を張り上げた。男が送りつけてくる刺激があまりにも強烈で、その浅ましい声を抑えることが、どうしてもできなかったのだ。

いつの間にか、わたしの体は噴き出した汗にまみれていた。顎の先から滴り落ち続けている汗の雫が、白いシーツにいくつもの染みを作っていた。喘ぎ悶えながら、わたしは両手で、長い爪が折れてしまうほど強くシーツを握り締めていた。

もはやわたしは何も考えなかった。次々と襲いかかってくる快楽に、身をまかせていただけだった。

巨大な男性器が出し入れされるたびに、わたしの体の下で乳房が揺れた。耳元でピアスが揺れ、首に巻かれたネックレスが揺れた。


男性器を何百回も突き入れられて、わたしは何度か性的絶頂の瞬間を迎えていた。けれど、その男はそうではなかった。

男は本当に精力が旺盛だった。いったい、いつになったら果てるのだろうと思うほどだった。今では男の体も噴き出した汗でぬるぬるになり、サンオイルを塗り込めたかのように光っていた。

一度も射精をしないままに、男がわたしをまた仰向けにさせた。そして、汗まみれになったわたしの胸や腹に、汗まみれになっている自分の胸や腹を重ね合わせた。

疲れ果て、ぐったりとしていたわたしにできることは、もはや何ひとつなかった。

「もう許して……これ以上は無理よ……死んじゃう……」

朦朧(もうろう)となりながらも、男の下からわたしは訴えた。その声がひどくかすれていた。あまりにも激しく、あまりにも長時間にわたって犯されていたために、今では女性器がヒリヒリとしていて、その部分の感覚がほとんど失われていた。

「ダメだよ。許さない」

わたしの髪を両手で鷲摑みにした男が、その顔にいやらしい笑みを浮かべた。そして、次の瞬間、勢いよく腰を突き出し、強い硬直を保ったままの巨大な男性器を、わたしの中に荒々しく挿入した。

「あっ！　いやっ！」

強烈な刺激が肉体を貫き、わたしはまたしても身を仰け反らせて悲鳴をあげた。

そんなわたしの上で、男がものすごいスピードで腰を振り始めた。石のように硬い男性器が、一秒間に二度も三度も子宮に激突した。

「あっ、いやっ！　もう、いやっ！　許してっ！　あっ！　ダメっ！　いやーっ！」

自分の意思とは無関係に、わたしは声を上げ続けた。強い摩擦を受け続けた女性器が、再びひりつくような痛みを発し始めた。

「中に……中に出して……いいかい？」

わたしの上で激しく腰を振り続けている男が、声をひどく弾ませて訊いた。

「あっ……ダメ……うっ……そ……それはダメ……」

朦朧となりながらも、わたしは必死でそう答えた。

「それなら、口で受けてもらおう」

そう言った直後に、男がわたしから性器を引き抜き、わたしの髪を摑んで上半身をベッドに起こさせた。そして、自分は中腰の姿勢を取り、たった今までわたしの子宮を突き上げていた巨大なそれを、わたしの口の中に無理やり押し込んだ。

「ぐっ……むぐっ……」

わたしは白目を剝いて低く呻いた。

それは本当に巨大で、とてつもなく太くて、それを受け入れるために、わたしは口をいっぱいに開かなくてはならなかった。

わたしがそれを口に含んだ直後に、口の中の男性器が痙攣を開始した。男性器は痙攣のたびに、わたしの舌の上に生臭くて粘り気の強くて、少し塩辛い体液を、驚くほど多量に放出した。

7

口に含んだ多量の精液を、わたしはティッシュペーパーの上に吐き出した。ひどく生臭いそれを、男が嚥下するように求めなかったのは、わたしにとってはありがたかった。

　行為を終えたわたしたちは、無言のまま立ち上がり、床に散乱していた衣類を無言のまま身につけ始めた。わたしは今夜のために、とてもエロティックなブラジャーとショーツを購入していた。

　ふと時計を見ると、その部屋に来てから二時間近くが経過していた。

　長時間にわたって鷲摑みにされていたわたしの髪は、今ではくちゃくちゃになって縺(もつ)れ合っていた。化粧もひどく崩れていて、ルージュもほとんど剝げ落ちていた。

　けれど、わたしは化粧を直すことも、髪を整えることもしなかった。一刻も早く、この部屋から立ち去りたかったのだ。

「それじゃあ、帰ります」

　身支度を終えたわたしは、男を見ずに小声で言った。

「うん。さようなら」

「さようなら」

　素(そ)っ気(け)ない口調でそう言うと、パンプスの踵をひどくぐらつかせながら、わたしはドアへと向かった。疲れ切っていて、脚にほとんど力が入らなかったのだ。

　男はわたしに、『また会おう』とは言わなかったし、わたしもそんなことは口にしなかった。

そう。その男とはこれっきりにするつもりだった。レイプでもされるかのように荒々しく犯されることは、それなりに刺激的で、わたしは倒錯的な快楽を覚えもしたけれど、彼ともう一度会いたいとは少しも感じなかった。

『ゆーと@rain_you10』とは違い、その男との行為はわたしの渇きを少しも癒やしてはくれなかった。それどころか、今ではその渇きがさらに強くなっているように感じた。

客室を出ようとしたわたしに、男が無言のまま数枚の紙幣を差し出した。

ちらりと見ただけだったが、男が手にしているのは一万円札で、六枚か七枚はあるようだった。

「受け取れません」

わたしは首を左右に振った。そんなお金はもらえなかった。もし、受け取ったら、わたしは売春婦になってしまうから。

「いいから受け取って」

「ダメです。受け取れません」

「男が一度出した金を引っ込めるわけにはいかないんだ。だから、受け取って」

そう言うと、男はわたしの手を摑み、手にしていた数枚の紙幣を無理やり握らせた。

そして、その瞬間、わたしは売春婦に身を落とした。

客室を出たわたしは、歩くたびに股間が疼くのを感じながら、ロビーラウンジのトイレへと向かった。そして、わたしのほかに誰もいないトイレの鏡の前で、くちゃくちゃになった髪をブラシで整え、崩れてしまった化粧を手早く直した。

エレベーターの中で数えてみたら、男から手渡された一万円札は全部で七枚だった。体を売ることの代償として、その額が多いのか少ないのかはわからなかったけれど、わたしは自分がとことん墜ちてしまったように感じた。

髪を整え、化粧を直し終えると、わたしは個室に入った。排尿のためではなく、涙を流すためだった。

そう。鏡に映った売春婦の顔を見ていたら、急に涙が込み上げてきたのだ。

プラスティックの蓋を閉めたままの便器の上に浅く腰掛けると、わたしは両手で顔を覆った。そして、小さな嗚咽を漏らし、肩を震わせながら、とめどなく涙を溢れさせた。

こんなところで、わたしはいったい何をしているのだろう？　いったい何がしたいのだろう？

渇きがさらに強くなったように感じながら、わたしは頭の片隅でそんなことを思っていた。

自宅へと戻る電車のシートに腰掛けて、わたしはスマートフォンを操作して、ついさっき、あの男が撮影したばかりの猥褻な動画をTwitterに投稿した。こんな時だというのに、『いいね』が欲しくてたまらなかったのだ。

思った通り、投稿を済ませた直後から、おびただしい数の『いいね』がつけられ始めた。

『いいね』『いいね』『いいね』『いいね』『いいね』『いいね』『いいね』『いいね』『いいね』『いいね』『いいね』『いいね』『いいね』『いいね』『いいね』『いいね』

『いいね』の数を示す数字が増えていくたびに、わたしは胸の高鳴りのようなものを感じていた。

『いいね』と同時に、おびただしい数のメッセージも送られてきた。

『Marchさん、またまたやってくれましたね！　エロい！　エロい！　エロすぎる！』『フェラしてるところも見たい。フェラ顔、見せてーっ！』『僕とも会ってください。クンニだけでイカせる自信あります』『すごいぞ、March。あなたはわたしのエロ女神です』

スマートフォンの画面を周りの人に覗かれないように気をつけながら、わたしはそんな下品なメッセージの数々を読んだ。

必要とされているんだ。わたしは求められているんだ。

高揚感が体いっぱいに広がっていくのを感じながら、わたしはそんなことを思った。たとえこんなことであっても、こんなにも大勢の人たちから『お前が必要だ』『ちゃんと見てるよ』と言われていることが嬉しかった。

8

その翌日から、わたしは毎日、仕事の合間に店でパソコンに向かい、北村圭吾に提出する企画書をせっせと書いた。自宅に戻ってからもパソコンに向かった。

わたしの自宅のすぐそばの公園にも、何本もの桜の樹が植えられていた。通勤のためにその公園の脇を通るたびに、桜の花はその数を増やし続け、数日前には満開になっていた。

パソコンに向かって企画書を書いているあいだ、わたしは実に久しぶりに充足感のようなものを覚えていた。第一線に復帰できたように感じられて、心が弾んでいたのだ。

『アストランティア』の経営者である北村圭吾が、このわたしの力を必要としている。あの北村がこのわたしを認めている。

そのことが、わたしの気持ちを高揚させていた。

気持ちが高揚しているのは、それだけが理由ではなかった。Twitterの『いいね』の数と、ダイレクトメッセージの数が、わたしを高ぶらせていたのだ。

日焼けしたあの男と会ってからのわたしは、Twitterで『会いたい』というメッセージを送ってきた男たちの求めに簡単に応じるようになっていた。

『ゆーと@rain_you10』と会った時には、わたしはかなりのためらいを抱いていた。日焼けした筋肉質な男の時にも、ためらう気持ちはまだ残っていた。

けれど、そういうことを重ねるうちに、わたしはどんどん何も感じなくなっていった。

慣れた？

たぶん、そうなのだろう。人はどんなことにも慣れてしまうのだ。

貿易会社の経営をしているという中年の男とは、深夜、誰もいなくなった彼の会社のオフィスで会い、応接間の革製のソファの上で、わたしはその男の性器を二度にわたって受け入れた。

別の男とは渋谷の外れのラブホテルの前で待ち合わせ、そのホテルの一室で体の関係を持った。わたしよりいくつか若く見える、とても軽薄そうな男だった。

また別の男とは深夜の公園で落ち合い、公園の外れのトイレの個室の中で、立ったままの姿勢で乱暴に犯された。肉体労働に従事しているらしきその男に、ワンピースの裾を乱暴に捲り上げられ、ショーツとパンティストッキングを膝の辺りまで引き下ろされ、荒々しく乳房を揉みしだかれながら背後から犯されたのだ。

男たちの誰かが、このひどい渇きを癒やしてくれるかもしれない。『ゆーと@rain_you10』と会った時のように、潤った気持ちになれるのかもしれない。

男たちと会い、体の関係を持つたびに、わたしはそれを期待した。けれど、その期待はことごとく裏切られた。

男たちとの行為の動画を、わたしはいつも自分のスマートフォンで撮影させていた。そして、男たちと別れたあとでは、期待に胸を高鳴らせながら、その猥褻な動画をTwitter上にアップしたものだった。

そういうことを重ねていくうちに、わたしのフォロワーは天文学的な数にまで増えていった。その数は芸能人の女たちにも負けないほどだった。

『いいね』

『いいね』

馬鹿馬鹿しいことをしていることは、自分でもよくわかっていた。こんなことをしても、何の得もないことはわかっていた。

けれど、やめることはできなかった。Twitterの『いいね』の数が、まるで麻薬のように、わたしを中毒にさせていたのだ。

そう。『いいね』はまさに麻薬だった。

『いいね』

『いいね』がつけられるたびに、わたしは自分が認められ、必要だと言われているように感じた。もし、『いいね』が送られて来なくなったら、生きていくことができないと思うほどだった。

9

見ず知らずの男たちと、毎日のようにいかがわしい行為を続け、その時の動画を自分のTwitterに投稿しながらも、わたしは眠る時間さえ惜しんで精力的に企画書を書き続けた。前に北村に提出したものより、さらに凝った内容の企画書だった。

もし、この企画がうまくいき、『アストランティア』の経営状態が劇的に改善したら……そして、北村だけでなくほかの社員たちからも『すごいなあ』『さすがですね、伊藤さん』などと褒めそやされたら……そうしたら、わたしの渇きは癒やされるのかもしれない……そうしたら、『いいね』の数なんて気にならなくなるのかもしれない……そうしたら、見ず知らずの男たちと会って、体の関係を持つようなことをしなくて済むようになるのかもしれない。

パソコンのキーをせっせと打ちながら、わたしはそんなことを考えていた。

百貨店のセレクトショップとコラボレーションをするという企画書を、わたしは一週間で書き上げ、祈るような気持ちでそれを北村圭吾に提出した。

前回、わたしがその企画書を提出した時には、北村はそれにちらりと視線を落としただけで即座に却下した。それだけでなく、ほかの社員たちの前で企画書を投げ出し、『百貨店なんかに頼る必要はない』と憎々しげな顔をしてわたしを見つめたのだ。

けれど、今回はそうではなかった。北村は社長室のソファに座り、「うーん」とか「なるほど、考えたな」などと呟きながら十数ページにわたる企画書を何度も読み返し、向かい側のソファに脚を組んで座っているわたしにいくつもの質問をした。

「どうです、北村さん？　またお気に召しませんか？」

北村が企画書をローテーブルの上に置いたのを見て、わたしは素っ気ない口調でそう訊いた。

「いや、いいと思う。これなら、行けるような気がする」

北村がわたしの目を真っすぐに見つめて言った。

「本当にそう思っているんですか？」

疑わしげな口調でわたしは尋ねた。

「ああ。本当だよ。すごくいいと思う。さっそく、この企画の実現に向けて、俺はきょうからでも動くことにするよ。真知子、ありがとう」

北村がわたしに向かって頭を下げた。

「やめてください。うまくいくかどうかは、これからですよ」

少し照れてわたしは言った。

「いや、きっとうまくいく。さすがは真知子だ。俺が見込んだだけのことはある」

その言葉を耳にした瞬間、わたしは渇きが少しだけ癒やされるのを感じた。


その日から、北村圭吾はわたしの企画を実現させるために、実に精力的に動き始めた。

それはわたしが好きだった頃の北村の姿だった。

たったの数日で、北村は『アストランティア』とコラボレーションをしてもいいという相手を見つけてきた。大手百貨店の子会社で、その百貨店内にいくつもの店舗を出している、『リスタート』というセレクトショップだった。

さっそく、コラボレーションの実現に向けての会議が開かれることになり、わたしは北村に連れられて代官山にある『リスタート』の本社ビルを訪れた。わたしが企画書を書き始めてから、わずか十日後のことだった。

10

その日は朝から雨が降っていた。街全体をしっとりと濡らすような、静かで穏やかな雨だった。

その午後、青山の店をさやかとアルバイトの子に任せて、わたしは北村とふたりでタクシーに乗って、代官山の『リスタート』の本社ビルに赴いた。

この企画を聞かされたバイヤーの佐伯は、自分も同行したいと北村に訴えた。だが、北村は「いや、俺と真知子とふたりで行く。そのほうがうまく話が進みそうな気がする」と言って、佐伯が同行することを認めなかった。

佐伯に恨みはないけれど、その言葉はわたしにとっては何となく嬉しかった。

東京の桜はすでに散り始めていた。桜の樹の下はどこも、ピンクのカーペットを敷き詰めたかのようになっていた。

『リスタート』は『アストランティア』に比べると会社の規模がかなり大きかったから、わたしは少し物怖じしていた。『リスタート』の人々が、わたしたちに対して見下したような態度を取るのではないかと危惧していたのだ。

けれど、その心配は杞憂に終わった。『リスタート』の人たちは、みんな笑顔で北村とわたしを温かく迎えてくれたのだ。

大手百貨店にいくつもの店舗を構えている『リスタート』のほうも、ここ数年、売り上げの減少に頭を悩ませていたようで、北村が持ってきたコラボレーションの話にかなりの興味を示しているように感じられた。

明るくて広々としたミーティングルームに集まったのは、『リスタート』の営業部長と商品担当、フロアマネージャーとセールスマネージャー、それに各店舗の店長たちだった。

「それじゃあ、うちの伊藤のほうから、この企画についての概要を説明させていただきます。真知子、始めてくれ」

少し硬い表情をした北村が言い、わたしは静かに椅子から立ち上がった。そして、かなり緊張し、ストッキングに包まれた脚をわずかに震わせながらも、こちらを真剣な表情で見つめている『リスタート』の人々に向かって、ゆっくりとした口調でプレゼンテーションを始めた。

「お手元にある企画書を読んでいただいていると思うので、みなさまはもうおわかりだと思いますが、この企画の根本にあるのは、若い人たち……十代から二十代にかけての人たちが、もっと自由にファッションを楽しめるようになってほしいという考え方なんです」

　こちらを見つめている『リスタート』の人々の顔をゆっくりと見まわすようにしながら、わたしは早口にならないように気をつけながら、若者層を顧客として取り込むことがいかに重要であるかについての話を続けた。

　わたしの隣では北村がいかつい顔を強張（こわば）らせ、かなり心配そうな表情で、わたしの顔を見上げていた。

「伊藤さんのおっしゃる通り、若者層を取り込むことができれば、店の売り上げは大きく伸びるんでしょうね」

　セールスマネージャーだという遊佐光輝（ゆさみつてる）が、難しい顔をして言った。わたしよりはいくつか年下、三十歳前後に見える真面目（まじめ）そうな男性だった。

「はい。その通りだと思います。売り上げを伸ばすためには、新規の若いお客様を積極的に取り込むことが不可欠です」

　こちらに向けられた遊佐の顔を見つめて、わたしは笑顔で頷いた。

「そうですよねえ。わたしたちも若者層を何とか取り込みたいと思っていて、価格帯も随分と抑えているんですけどねえ……」

溜め息まじりに言った遊佐の言葉に、『リスタート』の店長たちが難しい顔をして頷いた。『アストランティア』と同じように、店長は全員が女性だった。

「はい。リスタートさんが、若者向けの商品の価格を抑えているということは、わたしたちもよく存じ上げています。でも、若者に売りたいからといって価格帯を抑えるというのは、ちょっと違うんじゃないかと思うんです」

「どこが違うんですか？」

今度は商品担当の山ノ下慎一という男性が口を挟んだ。二十代のように見える彼の顔には、まだあどけなさのようなものが残っていた。

「ええ。たとえ値段は高くても、若い人たちが欲しくなるようなものを、まずは用意するべきなんじゃないか……値段はちょっと高いけれど、若い人たちがどうしても手に入れたいと思うような品揃えをするべきなんじゃないか、と……そんなふうに、わたしは思っているんです」

わたしが言い、『リスタート』の人々が意外そうな顔をしてわたしを見つめた。

「伊藤さんがおっしゃっていることは、確かに、理想ではありますけど……」

今度は『リスタート』のフロアマネージャーをしている、館花みはるという女性が口を挟んだ。「でも、若い人たちの多くはお金がないから、たとえ欲しくても高い服には手が出ないというのが現実だと思うんです」

わたしは自分よりいくつか年上に見える、女性フロアマネージャーににっこりと微笑みかけた。そんな質問をされるだろうと、あらかじめ予想していたのだ。

「はい。おっしゃる通り、お金を持っていれば高いものを買えますよね。それじゃあ、お金がない人はどうやって高い服を買うのでしょう?」

そう言うと、わたしは『リスタート』の人々の返答を待って、彼らの顔を順番に見つめた。

プレゼンテーションを始めるまで、わたしはかなり緊張していた。けれど、実際に話を始めてみると、自分の考えを説明することに、いつしか夢中になっていた。脚の震えも、いつの間にか消えていた。

「古着とかかな?」

首を傾げながらも、セールスマネージャーの遊佐が言った。

「若者たちは、ネットオークションで服を買うんじゃないかな?」

今度は商品担当の山ノ下が言った。

山ノ下の言葉に、わたしは『我が意を得たり』という顔をして頷いた。

「そうですよね。たとえば、若者が高い服を買う。でも、来年はもう着ないっていう時に、その服を買ったお店のサイトで、タグについているバーコードナンバーを入力したら、すぐオークションサイトに出品できるというシステムを作ってみたらどうでしょう？」

こちらを見つめている人々を、また順番に見つめてわたしは言葉を続けた。「服の写真はサイトにありますから、売り手はいちいち写真を撮らなくてもいいんです。その服がオークションで売れたら、売り手は買い手に送るだけです」

「そのオークションサイトも、こちらで運営しないといけないってことですか？」

営業部長の天童諄一（てんどうじゅんいち）が口を開いた。天童は四十代半ばに見える、少し疲れた様子の中年男だった。

「ネット通販はアストランティアでもやっていますから、そのサイトに機能を追加すれば済むんじゃないかと思います」

それはあらかじめ考えていたことだったから、わたしは即座にそう答えた。

「でも、古着をネットで売るなんてことをしたら、新しい服が売れなくなって、自分たちで自分の首を絞めることになるんじゃないかな？」

再び天童が言った。

「そうでしょうか？　わたしはそうは思いません。新しい服を買う時に、この服に飽きたら買った値段の半額で売れると思ったら、少し高くても買いやすくなりませんか？　そうやってほかの人に売れれば、街の中に新しいブランドがどんどん広がっていくんじゃないでしょうか？」

わたしが笑顔でそう口にした瞬間、『リスタート』の人々が少し戸惑ったように顔を見合わせた。

わたしは心の中で『しまった』と思った。張り切りすぎて、ひとりで突っ走ってしまったのかもしれなかった。

わたしの隣では北村が、少し慌てたような顔をしていた。室内はそれほど暑いわけではなかったのに、北村の額では汗が光っていた。

「あの、伊藤さん……きょうのところは、あの……そういう具体的な仕組みやシステムを話し合いたいんじゃないんですよ」

セールスマネージャーの遊佐が、申し訳なさそうな顔をして言った。

「あっ、そうですよね」

どぎまぎして、わたしは言った。顔が赤らむのがわかった。

「ええ。とにかく、わたしたちとしてはまず、ブランドコンセプトをもっとはっきりとさせたいんですよ。セレクトショップでいちばん大切なのは、ブランドコンセプトです。そのブランドコンセプトがあやふやでは、売れるものも売れなくなりますからね」

わたしを見つめた遊佐が少し強い口調で言い、わたしは言葉に詰まって無言で頷いた。

11

とりあえず、この企画を継続的に話し合うということで『リスタート』との最初の会議は終了した。

きょうの会議では特に大きな進展が見られたわけではなかった。それでも、『リスタート』の人々も、わたしが苦労して考えたこの企画に、かなり乗り気であるようにわたしには感じられた。

北村もそれなりの手応えを感じていたようで、わたしを見つめて嬉しそうな顔をしていた。

「そうだ。北村さん、伊藤さん、おふたりにうちの親会社の百貨店の人間を紹介してもよろしいですか？　今後、この企画が動き始めたら、いろいろとあると思いますので」

フロアマネージャーの館花みはるが、北村とわたしに笑顔で言った。

「はい。よろしくお願いします」

いかつい顔に笑みを浮かべて北村が答えた。

その言葉に笑顔で頷くと、館花みはるがわたしたちが使っていたすぐ向かいのミーティングルームのドアへと向かった。そのミーティングルームの廊下に面した壁はガラス張りになっていて、大きなガラスの向こうにスーツ姿の数人の男女が話をしているのが見えた。

「原島（はらしま）くん、ちょっといいかな？」

館花みはるが開いたままのドアから、室内に声をかけた。「今、『アストランティア』の社長さんたちがお見えになっているの。今後、コラボブランドの件で、そちらとも相談しながらになると思うから紹介させて」

その言葉を受けた男のひとりが、「はい。行きます」と小声で答えてドアから出てきた。わたしのところからは横顔しか見えなかったが、高価そうなスーツを着込んだ背の高い痩せた男だった。

男は金属製の洒落た名刺入れから名刺を取り出し、「営業の原島と申します」と言いながら、わたしたちのほうに顔を向けた。

こちらに向けられた男の顔を目にした瞬間、わたしは声も出ないほどに驚いた。

わたしがそれほどに驚いたのは、目の前に立っていたのが、あの忌まわしい男、『ゆーと@rain_you10』だったからだ。

12

一瞬、何かの間違いだと思った。こんなドラマみたいな偶然が、現実の世界にあるはずはなかった。

実際、ワークジャケットに擦り切れたジーンズというラフな格好をしていて、無邪気そうな笑みを絶えず浮かべていたあの日の彼と、目の前にいる真面目くさった顔をした男とは、まったくの別人のように見えた。

だが、別人ではなかった。ぼさぼさだった髪はきちんと整えられていたし、濃紺の高価そうなスーツに身を包んではいたが、真面目くさった顔をして目の前に立っているスーツ姿の男は、間違いなく、『ゆーと@rain_you10』だった。

わたしが気づくと同時に、男もわたしに気づいた。整ったその顔に、驚愕(きょうがく)の表情が浮かんだのだ。

男はすぐに平静を装った。だが、わたしは男の動揺を見逃さなかった。

「『アストランティア』の北村と申します。よろしくお願いいたします」

原島と名乗った男に向かって、北村が笑顔で名刺を差し出した。北村は男の表情の変化にはまったく気づかなかったようだった。

「あっ、はい。原島と申します。こちらこそ、よろしくお願いいたします」

男が北村に名刺を差し出して言った。女のようにほっそりとしたその手が、わずかに震えているように見えた。男の名刺には、たいていの人に見覚えがあるはずの大手百貨店のロゴマークがあった。

男と同じように、わたしも瞬時に平静を装った。そして、「初めまして。『アストランティア』の伊藤と申します」と言いながら、男に向かって名刺を突き出した。

「あっ。はい。あの……原島と申します」

男はわずかに顔を強張らせてわたしの目を見つめた。そして、あの夜、わたしの胸を揉みしだき、わたしの股間を撫(な)でまわしたあの忌まわしい指で、わたしに向かって名刺を差し出した。

その名刺には『原島努』と書かれていた。

原島努(つとむ)。それが男の本名のようだった。

「原島さんですね？　よろしくお願いいたします」

あの晩、わたしの唇を何度となく荒々しく貪った男の口元を見つめて、わたしは笑顔を作って深々と頭を下げた。

「ああ。はい……こちらこそ、よろしくお願いいたします」

おずおずとした口調で言うと、原島と名乗った男がわたしに頭を下げた。

男が頭を上げるのを待って、わたしはナイーブそうなその顔や、切れ長の涼しげな目をまじまじと見つめた。

そんなわたしの顔を、男もまた見つめ返した。

無言で向き合っている男とわたしを残して、北村圭吾は館花みはると一緒にエレベーターに向かって歩き始めた。

「驚いた。あの日のあなたとは別人ね」

冷ややかな目で男を見つめ、素っ気なくわたしは言った。何か言ってやらなければ、気が済まなかった。

「エレベーターはこちらです」

返答を待って男を見つめ続けているわたしに、男が突き放したような口調で言った。

「はい。百円」

男に挑むような視線を向けて、わたしは彼に向かって右手を突き出した。「敬語を使ったら百円だったよね?」

それを聞いた男が顔をしかめ、あからさまな溜め息をついた。

「エレベーターにご案内します」

男はそう言うと、わたしに背を向けて廊下を歩き始めた。

「ちょっと待って」

わたしは男を呼び止めた。だが、男は足を止めなかった。

そんな男の華奢な背中をわたしは追った。静かな廊下にパンプスの音が大きく響いた。

エレベーターの前では、北村圭吾と『リスタート』の人々が、口々に「よろしくお願いします」と言いながら頭を下げあっていた。

すぐにエレベーターがやって来て、わたしは北村と一緒にそのエレベーターに乗り込んだ。

扉が閉まる前に、わたしはもう一度、原島と名乗った男の顔を見つめて、「原島さん、よろしくお願いいたします」と言って頭を下げた。

その言葉を聞いた男が、「よろしくお願いいたします」と言って、わたしと同じように頭を下げた。

わたしはさらに言葉を口にしようとした。けれど、その前にエレベーターの扉が閉じてしまった。

第四章

1

『リスタート』のオフィスで原島努と再会した夜も、わたしはTwitterにメッセージを送って来た男と青山で待ち合わせ、タクシーに乗って渋谷の外れのラブホテルへと向かった。そして、そのホテルの一室で服と下着を脱ぎ捨て、その男に抱かれ、その姿をわたしのスマートフォンを使って男に撮影させた。

今夜の相手は色白のサラリーマン風の男だった。たぶん、年はわたしと同じくらいか、少しだけ年上なのだろう。

濃紺のスーツを着ていた時には、その男はそれほどスタイルが悪くなさそうに見えた。けれど、ホテルの部屋で裸になってみると、お腹(なか)が出ていて、肩が丸くて、首が短くて、二の腕にもたっぷりと贅肉がついていて、運動とは無縁そうな、とてもだらしない体型をしていた。

それでも、女を扱うことには慣れているようで、その男とのセックスはそれほど悪くはなかった。荒々しく男性器を突き入れられて、わたしは二度も性的絶頂に達していた。

その男との行為のあいだ、原島と名乗った男のことが何度となく頭をよぎった。いや、『リスタート』の本社ビルを出てからずっと、わたしはあの男のことばかり考えていた。考えまいとしても、あの忌まわしい男の顔がどうしても頭から離れなかった。


渋谷区の外れの自宅に戻ったわたしは、夜ごとにそうしているように、着替えもせずにソファに座り、冷えた缶ビールを飲みながらスマートフォンで自分のTwitterにアクセスした。

ここに戻ってくる電車の中で、わたしはだらしない体をした色白の男に犯されている今夜の自分の動画を、いつものように音声を消去して投稿していた。

その投稿にはいつものように、数え切れないほどたくさんの『いいね』が送られてきた。

『いいね』『いいね』『いいね』『いいね』『いいね』『いいね』『いいね』『いい

ね』『いいね』

　その数の多さに、今夜もわたしは酔いしれた。大勢の男たちの無数の手で体のいたるところを愛撫されて、無数の男たちに乳首を吸われ、何人もの男性器を代わる代わる受け入れているような気さえした。

『いいね』と同時に、ダイレクトメッセージも大量に届いていた。

　そんなメッセージの中に、『ほかの男たちには会っているのに、どうして僕には会ってくれないんですか？』というものがあった。

　その人物のアカウント名を目にした瞬間、わたしはホウレン草と挽肉（ひきにく）をパスタで巻き、オーブンで焼いたイタリア料理を思い浮かべた。その人のアカウント名が『カネロニ』だったからだ。

缶ビールをすすりながら、ほんの気まぐれから、わたしはほかの動画を選択し、そのコメントをスクロールさせてみた。すると、『カネロニ』というアカウント名の人物が送って来た、『この男と僕との違いは何なんですか?』というメッセージが見つかった。

たいして興味があったわけではなかったが、暇つぶし程度の気持ちで、わたしはほかの写真や動画に送られて来たダイレクトメッセージも確認し始めた。

ダイレクトメッセージの数は本当に数え切れないほど多かったから、今ではわたしはそのほとんどを読み飛ばしていた。だが、『カネロニ』と名乗る人物はこれまでにも何度となく、わたしにダイレクトメッセージを送って来ていたようだった。

『Marchさん、僕にも会ってください』

『ほかの人とはやり取りをしているんですよね? だったら、僕にも会ってくださいよ』

『教えてください。どうして僕じゃダメなんですか?』

『今夜の動画は刺激的ですね。今まででいちばんいい動画です』

『DMに長文を送りつけてしまって、すみません。削除してくださって結構です』

『いつまで無視を続けるんですか、Marchさん? 返事をするぐらい、簡単じゃないですか』

『どうして返事もくれないんです？　僕がそんなに嫌ですか？』

『返事ができないから、僕のほうからMarchさんのところに行きましょうか？　あなたの家を突き止めるぐらい、簡単なことなんですよ』

その一文を読んだ瞬間、襟元から冷たい水を注ぎ込まれたかのように背筋がヒヤリと冷たくなった。

反射的に立ち上がると、わたしはスマートフォンと缶ビールを手にしたまま玄関に向かった。そして、玄関のたたきに立ってドアノブを摑み、そのドアにちゃんと鍵がかかっているのかを確かめた。

その瞬間、体の中に強い自己嫌悪が広がっていった。

わたし……いったい、何をしているんだろう？

玄関のたたきに立ち尽くして、ぼんやりとわたしは思った。

『いいね』欲しさからこんな馬鹿なことを続けるのは、もうやめにしたほうがいいのかもしれなかった。どれほど好意的に考えても、わたしがやっていることは、極めて不毛で、愚かで馬鹿げたことだった。

2

『リスタート』と『アストランティア』とのコラボレーションについての企画会議は、二日か三日に一度の割合で続けられていた。『リスタート』の本社ビルのミーティングルームで行われるその会議には、北村とわたしはいつも必ず出席した。バイヤーの佐伯崇や、オンラインショップ担当の岡田保が一緒に行くこともあった。

紆余曲折を経ながらも、コラボレーションの企画は着実に進んでいった。『リスタート』は社を挙げてこの企画に取り組もうとしているようで、会議の場には何度となく社長の山口道夫が顔を出しもした。

自分から名乗り出たわけではなかったが、わたしは今回のプロジェクトの責任者を任されていた。『リスタート』の人々は、わたしのやる気を買ってくれているようだった。

そのことに、わたしは大きな重圧を感じた。けれど、それと同じぐらい、喜びとやり甲斐を覚えていた。

そんな気持ちになったのは、北村圭吾からバイヤーを任された時以来だった。

『リスタート』のミーティングルームで行われるその会議には、大手百貨店の営業マンの原島努もかなりの頻度で出席していた。求められれば彼は自分の意見を口にした。けれど、彼が自分から進んで発言することはめったになかった。

わたしのことをいいようにもてあそんでくれたその男のことを、わたしは憎んでいたし、恨んでもいた。そんな男とは二度と関わり合いになりたくなかった。

だが、それにもかかわらず、『リスタート』のミーティングルームでその男の姿を目にするたびに、わたしは胸のときめきのようなものを覚えた。

真知子、あなた、どうしちゃったの？　もしかしたら……あの男が好きなの？　あんな男に惚れてしまったの？

彼の姿を目にするたびに、わたしはそう自分に問いかけた。

わたしは自分をそんなに馬鹿ではないと思っていた。だが、どうやら、そのようだった。わたしはとんでもない馬鹿者で、その忌まわしい男を好きになってしまったようだった。

ダメよ、真知子。あの男はダメ。あの男だけは絶対にダメよ。

わたしは自分にそう言い聞かせようとした。

けれど、その男への気持ちを抑えることが、どうしてもできなかった。

会議のあいだ、わたしは何度となく彼に視線を向けた。

彼はその視線に気づいているはずだった。けれど、彼は決して、わたしの顔を見なかった。

彼に無視されている。

それが辛かった。

『アストランティア』では週に二日ずつ、交代で休みを取ることになっていた。わたしの休日は基本的には月曜日と火曜日だった。

けれど、『リスタート』とのコラボレーションの企画が動き出してからは、わたしはほとんど休みを取らなかった。大勢の人々がわたしの企画に賛同してくれているのだと思うと、かつてないほどのやる気が全身に満ちていて、休む気にはならなかったのだ。

それでも、その月曜日に、わたしは久しぶりに休みを取った。

ベッドの背もたれに寄り掛かって音楽を聴き、湯気の立ち上るコーヒーを飲みながら、わたしはのんびりとすごそうとした。

けれど、のんびりすることはできなかった。

原島努の顔が何度も頭に浮かんできて、居ても立ってもいられない気分だったのだ。

そして、その午後、わたしはついに心を決め、ナイトドレス姿でベッドの背もたれに寄り掛かったまま、スマートフォンを握り締めて原島努にメッセージを書き始めた。

何をしているの、真知子？　そんなことをして何になるの？　馬鹿なことはやめなさい。

きっと後悔するわよ。

そのメッセージを書いているあいだ、わたしの中の冷静な部分が、何度もそれをやめさせようとした。

けれど、わたしはその声を無視し、恋に落ちた少女のように、彼へのメッセージを書き続けた。


原島努さま。こんにちは。今はお仕事中でしょうか？

わたしは久しぶりに休みを取り、自宅でくつろいでいます。何をするでもなく、ぼんやりとしてすごしています。

好きな音楽を聴き、苦いコーヒーを飲みながら、壁やカーテンを眺めていると、あなたのことが頭に浮かんできます。あなたと再会してからのわたしは、何をしていてもあなたのことが頭から離れないのです。

あなたに初めて会った時のことを、わたしは今も頻繁に思い出します。

あの時のわたしは少し壊れていました。それまでのわたしはバイヤーの仕事に夢中になっていたのですが、生き甲斐だったその仕事を後輩の社員に奪われ、心にぽっかりと穴が空いたような状態だったのです。

あの頃、わたしはいつも渇きを感じていました。どうやっても癒やすことができない、強い渇きでした。

けれど、あなたとすごしていた時、わたしはその渇きが『癒えた』と感じました。あなたが癒やしてくれたのです。

あのあと、ほかの男の人たちとも会ってみました。けれど、そんな人たちの中に、わたしの渇きを癒やしてくれる人はいませんでした。それどころか、彼らと別れたあとでは、わたしはさらなる渇きさえ覚えたのです。

原島さん、もう一度、会っていただくわけにはいきませんか?

決して恋人になりたいわけではありません。秘密を暴露するつもりもありません。しつこくつきまとうつもりもありません。

もう一度だけ、会いたいんです。

一度だけで結構です。もう一度、もう一度だけ、ゆーとに会いたいんです。

こんなわたしのわがままを聞き入れてくれるのでしたら、返事をください。もし、わたしとは二度と会いたくないというのでしたら、返事はいりません。

長文のメッセージをお許しください。お仕事、頑張ってください。


ベッドの中で書き終えたメッセージを、わたしは三度にわたって読み返した。そして、また躊躇(ちゅうちょ)した末に、それを思い切って彼に送った。

もし、返事がなかったら、それで諦めるつもりだった。それにもかかわらず、わたしは彼からの返信を待ってスマートフォンを見つめ続けていた。

スマートフォンがメッセージの着信音を発するたびに、わたしは胸を高鳴らせた。けれど、それらはどれも原島努からの返信ではなく、いつもの下品なメッセージばかりだった。

そうするうちに、太陽が傾き始め、やがて部屋の中が薄暗くなり始めた。

やっぱり、返事をくれないんだ。わたしとは二度と会いたくないんだ。諦めよう。もう彼のことを考えるのはやめにしよう。

そう心を決めると、わたしはようやくベッドから出た。朝からコーヒー以外のものを口にしていなかったから、着替えをして近くのコンビニエンスストアに買い物に行こうと思ったのだ。

スマートフォンがまたTwitterの着信音を発したのは、そんな時のことだった。

諦めると決めたはずだった。それにもかかわらず、わたしはまた胸を高鳴らせていた。

彼からでありますように。

祈るつもりなどなかったのに、わたしはそう祈っていた。

その祈りは叶(かな)った。原島努からのメッセージが届いていたのだ。

『もう一度だけ、会おうか』

彼からのメッセージはそれだけだった。けれど、その素っ気(そけ)ない一文を目にした瞬間、わたしは嬉しくて叫び声を上げそうになった。

3

その夜、先日と同じ場所で、わたしは原島努と待ち合わせた。

青山の店を出たわたしは、足早にそこに向かった。いつものように、パンプスの踵(かかと)が高くて歩きづらかったけれど、途中からは小走りになっていた。

一刻も早く彼に会いたかったのだ。

あの晩と同じように、今夜も気温が高めだった。わたしはミニ丈の薄手のスーツ姿で、コートは羽織っていなかったけれど、寒さはほとんど感じなかった。

賑やかな通りに立ち並ぶショップのショーウィンドウでマネキンたちが着ている服は、ほとんどすべてが春物で、中には初夏を思わせるような服も展示されていた。

彼はそこにいた。あの晩と同じように、広場のベンチに腰掛けていた。

そのベンチから少し離れたところに立って、わたしは息を弾ませながら彼の姿をじっと見つめた。

先日とは違って今夜の彼は、仕立てのいいグレイのスーツを着込んでいた。足元は磨き上げられた黒い革靴で、ベンチに黒革製の洒落た鞄を置いていた。

ベンチの脇の桜の樹は、すでに葉桜になっていた。芽吹いたばかりの芽から、桜餅のような香りが仄かに漂っていた。

彼は顔を俯かせ、手にしたスマートフォンを操作していた。

一分近くものあいだ、わたしは彼を見つめ続けた。あれほど会いたいと切望していたというのに、実際、その時が来ると、ひどく怖気づいていたのだ。

それでも、わたしは心を決め、ゆっくりとした足取りで彼に歩み寄った。

その靴音が聞こえたのだろうか。俯いていた彼がゆっくりと顔を上げた。

前にここで待ち合わせた時の彼は、無邪気な笑みを浮かべていた。けれど、今夜の彼は気のなさそうな顔をしていた。

「あの……きょうは、ありがとう」

ベンチに腰掛けたままの彼にわたしは言った。

「うん……」

静かに腰を上げながら、彼が小声で答えた。整ったその顔には、少し不愉快そうな、少し苛立っているような表情が浮かんでいた。

「お腹、空いてる？」

おずおずとわたしは尋ねた。

けれど、彼は返事をせずに歩き始めた。

そんな彼のあとを、わたしは追いかけた。

「敬語を使ったほうがいい？　会社じゃないから、今は敬語じゃなくていいよね？」

彼に追いつき、すぐ横に並びかけて、わたしはまた尋ねた。

けれど、やはり彼は返事をせず、わたしのほうに顔を向けることもせず、大通りのほうに向かって歩き続けた。

「結婚するんだってね？」

わたしはまた尋ねた。

その言葉を耳にした彼が、足を止めてわたしを見つめた。その顔には『どうしてそれを知っているんだ？』と書かれていた。

「会社の人たちが話しているのが聞こえて……」

わたしも立ち止まり、言い訳をするかのようにそう口にした。「あの……余計なお世話かもしれないけど、まだ二十四歳でしょう？　結婚は早すぎない？」

「いいんだよ、どうでも」

整った顔を少し歪め、吐き捨てるかのように彼が言った。そして、また通りに向かって足早に歩き始めた。きっとタクシーを止めるつもりなのだろう。

「どうでもいいって……相手の女性のこと、好きなんでしょう？」

彼に追いつき、寄り添うように歩きながら、わたしはまた尋ねた。

「俺、そういうの、わからないから」

足早に歩き続けながら、彼が言った。やはり、吐き捨てるかのような口調だった。

「わからないって……その人のことが好きか嫌いか、わからないっていうこと？」

「ああ、そうだよ。俺にはわからないんだよ」

苛立ちを募らせているかのように彼が答えた。

「わからないのに、結婚するの？」

「相手が結婚したいって言ってるんだ。だから、結婚する。それだけのことだよ。これでわかった？」

車道に出た彼が、タクシーを止めるために手を挙げながら、かなり強い口調で言った。

彼の言うことは、わたしにはまったく理解できなかった。けれど、それ以上の質問をするのはやめて口をつぐんだ。

4

先にタクシーに乗り込んだ彼が住所を口にし、運転手がそれをカーナビに入力した。どうやら、あのマンションに行くつもりのようだった。

タクシーの中で彼は何も喋らず、ナイーブそうなその顔に不愉快な表情を浮かべ続けていた。彼の剣幕に気圧されて、わたしもまた無言のままでいた。

思いのほか道は空いていて、タクシーは三十分足らずで荒川沿いに聳え立つあのタワーマンションに到着した。

その料金はクレジットカードを使ってわたしが払った。わたしが誘ったのだから、自分で払うべきだと思ったのだ。

わたしが支払いをしているあいだも、彼は何も喋らなかった。

「ゆーとはどうして、裏アカウントなんてやってるの？」

タクシーを降り、エントランスホールに向かって歩きながら、わたしはそう尋ねた。

「さあね」

わたしのほうには顔を向けず、彼が短く答えた。

「わたしにはゆーとが何を求めているのか、さっぱりわからないの」

「そう？」

先にエントランスホールに入った彼が、素っ気ない口調で答えた。

「だって、恋人もいて、仕事もうまくいっていて、お金もあって……顔だっていいし……同僚たちからも好かれているのに……どうして裏アカウントなんて作る必要があるの？」

エレベーターの前でボタンを押している彼にわたしは訊いた。

けれど、彼は返事をしなかった。

すぐにエレベーターがやって来て、わたしは彼と一緒にエレベーターに乗り込んだ。

「単なる遊びなの？」

上昇するエレベーターの中で、わたしはまた訊いた。

「そうだよ」

やはりわたしのほうには顔を向けず、素っ気なく彼が答えた。

「旅行みたいなもの？」

「うん。そうだよ」

面倒臭そうに彼が答えた。

「嘘よ。それは違うでしょう？」

彼の横顔にわたしは言った。「もしかしたら……別人になりたいの？」

すぐにエレベーターは三十三階に到着し、静かにドアが開いた。

「生きてる気がしないからだよ」

先にエレベーターを降り、わたしの前に立って廊下を歩きながら、やはり面倒臭そうに彼が言った。

「生きてる気がしない？」

わたしはその言葉を繰り返した。彼が何を言いたいのか、まったくわからなかった。

先日と同じように『３３１１』というプレートが貼られたドアの前で足を止めると、彼がルームキーを使ってドアを開けた。

「結婚したら、この部屋に住むんだ」

玄関のたたきに立った彼が、黒革製の靴を脱ぎながら言った。

「そうなんだ？　幸せだね」

わたしがそう口にした瞬間、彼がこちらを振り向いた。

女のように整った彼の顔には、怒りの表情が貼りついていた。

「幸せなものかっ」

目を吊り上げてわたしを見つめた彼が、吐き捨てるかのように言った。

「あの……ゆーとは……幸せじゃないの？」

「ああ、幸せじゃない。地獄だよっ！　地獄で生きているようなものだよっ！」

頬を赤く染めた彼が、叫んでいるかのように言った。彼の口から出た唾液が、わたしの顔に吹きかかった。

彼の口調の激しさに、わたしは思わず口をつぐんだ。

5

眺めがよくて広々としていて、窓が大きくて、とても洒落た造りではあるけれど、今はまだ家具がひとつも置かれていない殺風景なその部屋で……大学で同じサークルにいた小村若菜、この僕との新居となるはずのその部屋で……若菜が気に入り、僕に長いローンを組ませて購入させたタワーマンションの三十三階の一室で……その晩も僕は、伊藤真知子という十歳年上の女と交わった。床暖房でぽかぽかと暖かいフローリングの上に、全裸の女を仰向けに押さえつけたり、ひっくり返して俯せにさせたり、四つん這いの姿勢を取らせたり、仰向けになった僕の上にまたがらせたりして、僕はほっそりとした女の肉体を徹底的に貪った。

石のように硬い男性器が女の肉体を一直線に貫き、子宮が荒々しく突き上げられるたびに、女は華奢な体をぶるぶると震わせ、髪を振り乱して声を張り上げた。

「あっ！　ダメっ！　そこはいやっ！　ああっ！　感じるっ！　あっ、ダメっ！　ダメーっ！」

婚約者の若菜が『わたしたちの愛の巣』と嬉しそうに呼んだ室内に、伊藤真知子という年上の女の声が果てしなく響き続けた。いや、それは人間の声というより、罠にかかってパニックに陥った獣のようでさえあった。

女と僕が交わっているあいだに、雨が降り始めたようだった。今はまだロールスクリーンもカーテンもない大きな窓の向こうを、いくつもの雨粒が流れ落ちていくのが見えた。時折、どこかに反射したらしい車のヘッドライトが、暗い天井をぼんやりと照らした。

もはや僕は何も考えていなかった。滴るほどの汗にまみれ、暴力的な欲望に駆られて、伊藤真知子という年上の女に、淫らで、はしたなくて、とても浅ましい声を、絶え間なく上げさせていただけだった。

女にさまざまな姿勢を取らせながら、僕は女を犯しまくった。犯して、犯して、犯して、犯して……そして、また犯した。

「ああっ、ダメっ！　もうダメっ！　あっ、そこ感じるっ！　感じるっ！　感じるーっ！」

女は僕の与える刺激のひとつひとつに、実に敏感に、実に忠実に反応した。女があまりにも敏感に反応して声を上げるので、僕はまるで楽器を奏でているような気分になった。

女の乳房は決して豊かではなかったけれど、しっかりと張り詰めていて弾力があり、揉み心地がとてもよかった。乳首は大きめで、コリコリとしていて嚙み応えがあった。

「ああっ、いやっ！　もう、いやっ！　そんなことされたら、おかしくなっちゃうっ！」

細く描かれた眉のあいだに深い縦皺を寄せて、女が浅ましい声をあげ続けた。それはまるでアダルトビデオの女優たちのようだった。

やがて、絶頂の時が訪れた。

僕は女から急いで男性器を引き抜いた。そして、女の髪を乱暴に鷲摑みにして上半身を起こさせ、ふたりの分泌液にまみれたそれをルージュの滲んだ女の唇に押しつけた。

女が拒むかもしれないと思った。自分の体から引き抜かれたばかりの男性器を口に入れることを、若菜はいつも嫌がるから。

けれど、興奮しきっているらしい今夜の女は、てらてらと光っているそれを、ためらうことなく深々と口に含んだ。

次の瞬間、男性器が不規則な痙攣を開始し、僕の精子が無数に含まれているはずの体液を、女の口の中にどくどくと、大量に放出し始めた。

女は目を閉じ、頰を凹ませ、整った顔を切なげに歪めて、僕の体液を受け入れていた。その顔はゾクゾクするほどに官能的で、見惚れてしまうほどに美しかった。放出される体液の量があまりに多いために、その一部は女の口から溢れ出し、尖った顎の先から滴り落ちていた。

閉じられた女の瞼には、鮮やかなアイシャドウが丁寧に塗り重ねられていた。睫毛にもたっぷりとマスカラが塗られていた。室内は暗かったけれど、それがはっきりと見えた。

あの晩と同じように、男性器の長い痙攣が終わるのを待って、僕は女の口からゆっくりと男性器を引き抜いた。濡れた女の唇と男性器とのあいだで、粘着質な液体が長い糸を引くのが見えた。

精液を口に含んだまま、女が静かに目を開き、僕の顔をじっと見つめた。その大きな目が涙で潤み、赤く充血していた。

あの晩とは違い、僕は飲めとは命じなかった。それにもかかわらず、女は僕の顔を見つめたまま、口の中の多量の精液を何度にも分けて嚥下した。

こくん……こくん……こくん……こくん……。

女の白い喉仏(のどぼとけ)が上下に動き、喉の鳴る小さな音が僕の耳に何度となく届いた。

6

僕は恵まれている。ほかの大多数の人たちに比べて、かなり恵まれている。

それはわかっている。誰よりもよくわかっている。

必死で勉強をしたわけでもないのに、学校での僕の成績はいつも学年で上位だった。運動なんて面倒くさくて、少しも好きになれなかったけれど、どういうわけか、走るのは速かったし、水泳だってうまかった。球技も得意だった。

僕は絵を描くのもなかなかうまくて、中学の時に美術の授業中に描いた絵を教師が市の絵画コンクールに出品し、その絵で市長賞をもらったほどだった。幼稚園の頃から、母にほうだった。

無理やりピアノを習わせられていたせいで、音感もそれなりによくて、歌もかなりうまいそうなのだ。僕は何をやらせても、そこそこにうまくできたのだ。

自分で言うのもおこがましいけれど、僕は昔から女の子にすごくモテた。たぶん、小学校でも中学校でも高校でも、学校の男子の中でいちばんモテた。バレンタインデーにはいつも、女の子たちから食べ切れないほどたくさんのチョコレートをもらったものだった。

そんな僕のことを羨ましがるやつらもたくさんいた。妬み、嫉みを剝き出しにする奴らもいた。

けれど、僕には羨ましがられる理由や、嫉妬される理由がよくわからなかった。

僕にはわからない。今も昔も、みんなの気持ちが少しもわからない。

欲しいものなんてない。行きたいところもない。食べたいものもない。やりたいことも、何もない。

みんなが夢中になるものに、僕はまったく興味が持てない。音楽にも、映画にも、ゲームにも、本にも、僕はまったく興味がない。

僕は違う。みんなとは違う。あまりにも違う。

時々、僕は自分のことを、別の星からやって来た異星人なのではないかと感じる。

中学生の時、サッカー部に所属していた。自分の意思からではなく、親が……特に母が、運動部に入れとうるさかったからだ。

僕は足が速いだけでなく、ボールを扱うのも巧みだったから、一年生からレギュラーに抜擢された。どのポジションも無難にこなしたけれど、監督は僕に攻撃的な役割をさせたがった。

僕が敵のゴールにボールを蹴り込むたびに、チームの仲間たちは笑顔で駆け寄り、僕を揉みくちゃにして歓喜した。そんな時には、僕も喜ぶフリをした。けれど、何が嬉しいのかがまったくわからなかった。

試合に負けると泣くやつがいた。いつだったか、それに勝てば全国大会に行けるという試合で、ロスタイムに二点を連取されて逆転負けを喫した時には、チームの全員が泣いていた。監督までが泣いていた。

けれど、僕だけは泣かなかった。泣く理由がわからなかった。少しも悔しくなかったのだ。それどころか、全国大会なんていう面倒なものに行かずに済んで、ほっとしていたほどだった。

僕は違う。みんなとは違う。あまりにも違う。

楽しいと感じることが僕にはない。嬉しいと思うこともなければ、悲しいと思うこともない。怒りを覚えることもめったにない。

僕は……僕は、血も涙もない人間なのだ。あるいは、体の中に冷たい血が流れているのだ。

去年、母ががんで死んだ。ふたりの姉は号泣していたし、涙を見せたことのない父も泣いていた。

けれど、僕は泣かなかった。姉たちや父の目があったから、泣くフリをしていたけれど、本当は泣いていなかった。

末っ子の僕は母に誰よりも可愛がられたというのに、悲しいという気持ちがどうしても湧かなかったのだ。

おかしい？

たぶん、そうなのだろう。僕はおかしいのだろう。

冷血漢。

きっとそういうことなのだ。

大学の同じサークルにいた小村若菜と付き合い始めたのは、彼女からしつこく求められたからだった。

若菜は僕に『好き』だと言った。『愛してる』とも言った。

だから、僕も『好き』だと答えたし、『僕も愛してる』というセリフも口にした。

けれど、その言葉は本心から出たものではない。僕は若菜を好きだと思ったことは一度もない。愛していると感じたこともない。

若菜だけではない。僕はこれまで誰かを好きになったことはない。好かれて嬉しいと感じたこともない。

若菜とは会うたびにセックスをしている。オーラルセックスもさせている。

最初の頃にはそれなりの快楽があったし、高ぶりも感じた。一日に二度するのは当たり前で、三度も四度もセックスをしたこともあった。

けれど、今では若菜とのセックスに高ぶりを覚えることはほとんどない。若菜がしたそうにするから抱いてやりはするが、それは義務感からだ。最近では若菜の裸を目にしてもまったく高ぶらず、男性器を硬くするのに苦労しているほどだ。

そんな若菜を妻にするのだと思うと、うんざりとした気持ちになりさえする。

僕の人生には楽しみがない。喜びがない。危険なこともなければ、ドキドキするような冒険もない。真っすぐに延びたレールの上を、ただ歩いていくだけ。

そんなつまらない人生を、これから先、延々と送るのだと思うと暗澹たる気持ちになる。

それはまさに地獄の生活だ。

そう。地獄。僕は地獄で生まれ、今も地獄で生きているのだ。


僕は違う。みんなとは違う。あまりにも違う。

ただひとつ、みんなと同じところがあるとすれば、それは性欲があるということだ。

今の僕の唯一の楽しみ。それは、『若菜ではない誰か』とセックスをすることだ。その女を滅茶苦茶に犯し、徹底的に凌辱することだ。


もちろん、今、僕の目の前にいる年上の女に対しても、特別な感情を抱いたことは一度もない。

Twitter上で彼女を見つけ、誘い出したことにも特別な意味はない。いつものように、

『やらせてくれるのなら、誰でもいい』という感じだった。

そう。伊藤真知子というこの女は、僕にとって特別な存在ではなく、これまでにSNSを使って出会い、セックスをした何十人の中のひとりにすぎなかった。

これまでもそうだったように、この女とは一度きりにするつもりだった。面倒なことになるのはごめんだった。

それでも、今夜、こうしてこの女と再び会ったのは、女があまりにしつこかったからだ。あの女の会社と『リスタート』とのコラボレーションの件で、頻繁に顔を合わせることになってしまい、断り続けることができなかったからだ。

伊藤真知子の『会いたい』という求めに僕が応じた理由が、あとふたつある。

そのひとつは、一緒に仕事をしているうちに、この女に興味を覚えるようになっていたからだ。

仕事なんかに、どうしてあれほどのめり込めるのだろう？　どうしてあんなにも夢中になれるのだろう？　仕事で成功したからといって、それが何になるのだろう？　この女は仕事に何を求めているのだろう？

『リスタート』のミーティングルームで自分の考えを一生懸命に説明しているこの女を眺めながら、僕はいつもそう思っていた。そして、この女をもう少し……もう少しだけ知りたいと思った。

いつも他人にはまったく無関心の僕が、ほかの誰かに興味を抱くのは、実に久しぶりのことだった。

伊藤真知子の求めに応じて再会した理由がもうひとつだけある。

それはこの女の体だ。もっとはっきり言えば、僕はこの年上の女ともう一度、セックスをしたいと思ったのだ。

僕はこれまで数え切れないほどたくさんの女とセックスをしてきた。それはまさに『手当たり次第』という感じだった。けれど、十歳年上のこの女とのセックスは、これまでのセックスの中でも最上位の快楽を僕に与えてくれた。

あの晩、この女をレイプでもするかのように荒々しく犯している時、僕は凄(すさ)まじいまでの高ぶりを覚えていた。美しくて気の強そうなこの女を支配し、服従させることに、異様なまでの喜びを感じたのだ。

7

長くて激しいセックスを終えた女と僕は、暖かなフローリングの床の上に全裸のまま並んで横たわった。

部屋の明かりはすべて消されていた。けれど、大きな窓の数々から、都会の夜の光が入ってきたから、暗くて困るというようなことはなかった。

静かだった。女と僕の息遣いが聞こえた。雨は今も降り続いているようで、外の光に照らされた窓ガラスをいくつもの雨粒が絶え間なく流れ落ちていた。その窓の向こうを、旅客機らしいものが飛んでいるのが見えた。

「ここに引っ越すのは、いつなの？」

寄り添うようにして横たわっている女が訊き、僕は首をもたげて女に視線を向けた。

その女は小ぶりな乳房の持ち主だったが、仰向けになっていることによって、その乳房は今、ほとんど消滅しかけていた。女は本当にほっそりとした体つきをしていて、その腹部はえぐれるほどに窪んでいた。胃や腸や肝臓がどこに収まっているのだろうと思うほどだった。臍の両側には尖った腰骨が高く突き出していた。緩やかなカーブを描いた恥丘は、わずかばかりの黒い毛に覆われていた。

「来月だよ……」

僕は答えた。その瞬間、間もなく僕の妻となる若菜の顔が頭に浮かんだ。

普通の人なら、若菜への罪悪感を覚えたり、自己嫌悪を感じたりするのだろう。けれど、僕はそうではなかった。

そう。僕は普通ではないのだ。僕の中には罪悪感も自己嫌悪も存在しないのだ。僕は血も涙もない男なのだ。

「来月なんだ？　だったら、もうすぐだね」

こちらには顔を向けず、暗がりに沈んだ天井を見つめて女が言った。

「うん。そうだね」

「新婚旅行はどこに行くの？」

「タヒチだよ」

「そう？　楽しみだね」

「別に……」

「楽しみじゃないの？」

女が僕に顔を向けて訊いた。唇のすぐ下に乾いた精液がこびりついていた。こんな暗がりでも、それがはっきりと見えた。

「ああ。楽しみじゃない」

僕は答えた。それは本音だった。

若菜は何着ものビキニを購入し、それをタヒチで着るために、ダイエットをしたり、エステティックサロンで痩身マッサージを受けたり、ジムでランニングをしたりして、新婚旅行を楽しみにしているようだった。タヒチでの僕たちは、ハネムーナーのために作られたという二階建ての豪華な水上コテージに宿泊することになっていた。

けれど、僕が新婚旅行を楽しみだと思ったことは一度もなかった。それどころか、新婚旅行なんて面倒だとさえ考えていた。サッカーの全国大会の時と同じだ。

「マーチは……どうして裏アカなんてやってるの？」

今度は僕が訊いた。仕事に夢中になれる彼女のような人間が、ＳＮＳに自分の裸の映像を投稿しているということが不思議だったから。

「どうしてだろう？」

呟(つぶや)くように女が言った。

「マーチ、寂しいの？」

「うん。もしかしたら……寂しかったのかも……」

女が僕を見つめてそっと微笑(ほほえ)んだ。

その顔を見ていたら、どういうわけか、また男性器が硬直を開始した。

何かを考えているような顔をしている女に、僕は再び体を重ね合わせた。

「まだできるの？」

女がまた笑った。唇のあいだから白い歯が覗いた。

その問いには答えず、僕は女の唇に自分のそれを静かに重ね合わせた。

8

その午後、北村圭吾とわたしは代官山の『リスタート』の本社ビルのミーティングルームにいた。きょうはバイヤーの佐伯崇と、オンラインショップ担当の岡田保がわたしたちと一緒に来ていた。

『リスタート』と『アストランティア』とのコラボレーションの企画は着々と進行していて、今はいよいよ大詰めの段階に入っていた。きょうの会議にはいつものメンバーだけでなく、『リスタート』の社長の山口道夫までもが出席していた。

山口道夫は五十五歳だと聞いている。頭が禿げていて、丸顔で、おっとりとした容姿の男だったが、ファッション業界では知らない者はいないと言われるほどの切れ者だった。

最初の頃、わたしに対する山口道夫の態度は、何となくよそよそしいものだった。けれど、今ではとても親しげなものに変化していて、細々としたわたしの相談にもよく乗ってくれた。

椅子に姿勢良く座って、わたしはミーティンググルームに集った人々の顔をゆっくりと見まわした。

部屋の片隅には原島努がいた。いつものように、彼はこのミーティンググルームに入ってきてからわたしのことは一度も見ず、目の前に置かれたノートパソコンに視線を向けていた。彼はきょうも洒落たスーツを身につけ、シックなネクタイを締めていた。少し俯けられたその顔は、芸能人になればいいのにと思うほどに整っていた。人前での彼は、わたしとふたりでいる時とはまったくの別人だった。

「それでは、みなさん、お集まりのようですから、伊藤さん、お願いします」

わたしに視線を向けた『リスタート』のフロアマネージャーの館花みはるが言った。

「はい」

そう答えると、わたしは紙コップの中の緑茶を一口すすってから、静かに椅子から立ち上がった。きょうもわたしはかつて自分が仕入れたスーツを身につけていた。春物のチェックのスーツで、タイトなスカートの丈は際どいほどに短かった。

室内にいるすべての人が、そんなわたしをじっと見つめた。パソコンを操作していた原島努も、その手を止めてわたしに視線を向けた。

「きょうはこのプロジェクトのブランドコンセプトを決定したいと思います。みなさん、どうぞよろしくお願いします」

わたしはそう言って、こちらを見つめている人たちに頭を下げた。そして、そっと深呼吸をしてから、ゆっくりとした口調でプレゼンテーションを始めた。

わたしの正面ではとても興味深そうな顔をした『リスタート』の社長の山口が、わたしの言葉のひとつひとつに頷(うなず)き、時折、ボールペンでメモをとっていた。彼は最初、このコラボレーションの企画にあまり乗り気ではなかったと聞いている。彼にとっての『アストランティア』は、沈没寸前の難破船のようなもののはずだった。

けれど、企画が現実味を帯びていくうちに、山口道夫は強い興味と関心を示すようになっていた。

わたしの左側では、いつものように北村圭吾がとても難しい顔をしていた。『アストランティア』の存亡がかかったこの企画を、彼は何としてでも成功させたいと考えているようだった。

北村の左隣では、メタルフレームの眼鏡をかけた岡田保が、真面目(まじめ)な顔をして座っていた。『リスタート』と『アストランティア』が一緒に立ち上げる新しいブランドは、ネットでの販売が中心になるはずだった。だから、この企画が実際に動き出した時には、パソコンに強い岡田の力は不可欠だった。

「自分のお洒落心を追求したいという女性に向けた服を用意すること。お洒落で自分を表現したいという女性の要求に応えられるものを、きちんとした形で用意すること。それをこのプロジェクトのコンセプトに据えるべきだとわたしは考えました。このことに異論のあるかたはいらっしゃいますか？」

そう言うと、わたしは室内のひとりひとりを静かに見まわした。原島努を含む全員が、無言でわたしを見つめ続けていた。

どうやら、異議はないようだった。そのことに勇気づけられ、わたしはさらに言葉を続けた。

「お洒落な人というのは、自分に似合う服を着ている人、自分のことをよく知っている人なんだとわたしは思います」

「自分のことを知っている人？」

『リスタート』のセールスマネージャーの遊佐光輝が、興味深そうな顔をしてわたしの言葉を繰り返した。

「ええ。そうです。わたしはそう思います。ですから、わたしはお客様にもっと自分自身を知ってもらいたいんです。自分を知った上で、新たな自分を表現してもらいたいんです。

ですから、わたしたちがこれから立ち上げるブランドのキャッチコピーは、『本当の自分とは』にしたいと考えています」

その言葉を聞いた山口道夫が、「うん。いいな、それ」と笑顔で言った。

「山口社長、本当にいいとお思いですか？」

体の中に喜びが広がっていくのを感じながら、わたしは山口道夫の赤らんだ丸顔を見つめた。

「うん。いいよ。そのキャッチコピー、すごくいい。それでいこう」

山口道夫が満面の笑みでわたしを見つめた。

その言葉を耳にした瞬間、わたしは飛び上がりたいような気持ちになった。

9

『リスタート』のミーティングルームでプレゼンテーションをしたその晩も、わたしは原島努と青山のいつもの場所で待ち合わせをした。

その前に会った時の彼は、とても不愉快そうな態度を取っていた。けれど、その晩はそうではなく、最初から打ち解けた感じだった。

彼とわたしはタクシーで荒川沿いに聳え立つタワーマンションに行き、来月には彼と婚約者の新居となるその部屋で、明かりも灯（とも）さぬまま裸になり、我を忘れて激しく交わった。

彼がわたしのものになることはないと、よくわかっていた。彼の目的が、わたしの肉体だけで、それ以上のものでは決してないのだということも、よくわかっていた。

そう。彼にとって、わたしは特別な存在ではないのだ。星の数ほどいる女たちのひとりにすぎないのだ。

もちろん、それで構わなかった。

わたしは彼と交わりたかった。耐えがたいこの渇きを、彼と交わることで癒やしたかった。

そして、わたしは喘（あえ）ぎ悶（もだ）えた。床暖房の効いた床に仰向けに横たわったり、床にぺったりと腹部を押しつけて俯せになったり、仰向けになっている彼の上にまたがったり、四つん這いになったりして、彼の性器を受け入れ、巨大なそれに何度も貫かれ、次々と押し寄せる快楽に身を任せ、噴き出す汗にまみれ、髪を振り乱して獣のように喘ぎ悶えた。

今夜も彼は射精の直前に、わたしの体から男性器を引き抜いた。そして、ふたりの体液にまみれて光るそれをわたしの口に深々と押し込み、低く呻（うめ）きながらわたしの口の中に多量の体液をどくどくと注ぎ入れた。

そんなふうに扱われることに、わたしは今夜も微かな屈辱を覚えた。自分が彼の都合のいい道具に……性欲の処理をするためだけの道具にされているように感じたのだ。

それでも、今夜もわたしは口の中に放出された多量の体液を、彼に命じられる前に喉を鳴らして嚥下した。

粘り気の強い生臭い液体が、喉に絡みつきながら、ゆっくりと食道を流れ落ちていくのがわかった。


性行為を終えた彼とわたしは、ぽかぽかと暖かい床の上に蹲り、あれこれと取り止めのない話をした。彼もわたしも全裸のままだった。

部屋の明かりは消したままだったけれど、今はこの暗さに目がすっかり慣れて、窓から入ってくる街の光だけで、いろいろなものがはっきりと見えた。

彼は本当に華奢な体つきをしていて、皮膚がとても滑らかで、女の子が蹲っているようにも見えた。

初めて会った晩と同じように、今夜の彼はナイーブそうな顔に無邪気な笑みを浮かべて、いろいろなことを話してくれた。その態度は『リスタート』のミーティングルームにいる時とは、まるっきりの別人だった。

わたしはその話によって、彼の生い立ちを知った。彼が横浜港のすぐ近くの工業地帯で生まれ育ったことや、姉がふたりいることや、鶴見川沿いの街で父が鉄工所を経営していたことや、去年、母親をがんで亡くしていることや、国立大学の経済学部を卒業し、新卒で今の百貨店に就職したということを知った。

笑みを浮かべて話をしながら、彼は何度となく裸のわたしを抱き寄せ、頬や耳たぶや、肩や首筋に優しく唇を押し当てた。唇を重ね合わせることもあった。

彼とわたしとの関係は、体だけのものだと割り切っているつもりだった。彼には何も望まないと決めたつもりだった。

それにもかかわらず、そんなふうに優しくされると、彼に対する恋心のようなものが湧き上がってくるのを、どうしても抑えることができなかった。

もし、この人と残りの人生をすごすことができたら……そうしたら、どれほど楽しいだろう。どれほど嬉しいだろう。

けれど、わたしはその思いを、意識して振り払おうとした。

望んではいけないのだ。彼には婚約者がいて、来月には結婚をし、ここで夫婦生活を始めるのだから……だから、これ以上のことを求めてはいけないのだ。

彼の言葉に笑顔で頷きながら、わたしは自分にそう言い聞かせた。

10

話の途中で彼が急に立ち上がり、部屋の片隅に置いてあった自分の鞄に歩み寄った。彼はいくつもの鞄を持っているようだったが、そのほとんどが高級ブランドの品だった。

「マーチに面白いものを見せてあげるよ」

鞄を持ってわたしのそばに歩み寄りながら、楽しげな口調で彼が言った。そして、黒革製のその鞄の中から小型のプロジェクターを取り出し、そのプラグを壁のコンセントに差し込んだ。

「何を見るの？」

裸の体を乗り出すようにして、わたしは彼に訊いた。

「見ればわかるよ。マーチと一緒に見たかったんだ」

わたしにちらりと視線を向けて言うと、彼はケーブルを使って、小型のプロジェクターに自分のスマートフォンを繋(つな)いだ。

すぐにプロジェクターから強い光が発せられ、わたしたちの目の前にある白い壁を明るく照らした。

その強い光の眩(まぶ)しさに、わたしはとっさに目を瞬かせた。

「何を見るの？　映画？」

「だから、見ればわかるって」

嬉しそうに言うと、彼がスマートフォンを操作した。

その直後に、まるで映画館にいるかのように、部屋の白い壁に鮮明な映像が大きく映し出された。

その映像を目にした瞬間、わたしは思わず息を呑んだ。壁に映し出されているのが、裸で喘ぐ女の姿を背後から撮影した映像だったからだ。

女は目の前にある大きな窓ガラスに両手を突き、鮮やかな金色に染められた長い髪を振り乱し、窓ガラスに顔を押しつけたり、頭上を振り仰いだりして激しく喘いでいた。

『あっ！　あっ、いいっ！　あっ！　うっ！　もっと！　もっと突いてっ！　あっ、あああっ！』

静かだった部屋の中に、女の口から出る淫らな声が大音量で響き渡った。かなり若い女の声に聞こえた。

窓ガラスに押しつけられている女の指にはいくつもの派手な指輪が光り、長く伸ばした爪はとてつもなく派手なジェルネイルに彩られていた。左の手首には安っぽいバングルが、右の手首には金色や銀色の安っぽいブレスレットが何本も巻かれていた。女は小麦色に日焼けしていて、その肩や背にビキニの水着の跡が白く残っていた。

喘ぎ悶えている女の長い金色の髪のあいだから、何本かの派手なネックレスと、どぎついほどの化粧が施されているらしい顔がちらりちらりと見えた。女の耳では大きくて派手なピアスが揺れていた。女はその目にぎっしりとエクステンションをつけていた。

女が両手を突いている窓ガラスの向こうには、夜の街が見えた。それはこの部屋から見える夜景とまったく同じものだった。

そう。その映像はここで撮られたのだ。わたしの隣にいる男が、金髪の若い女を背後から犯しながら、今、手にしているスマートフォンを使って撮影したのだ。

「裏アカで知り合った女たちだよ」

わたしに寄り添うようにしている男が、とても嬉しそうに言った。

「たちって……」

わたしは男に視線を向けた。その顔には無邪気な笑みが浮かんでいた。

「この子はいかにもギャルっていう感じでさ……まだ十八だって言ってたな。日焼けサロン通いで焼けた体に、ビキニの跡が白くくっきりと残っていて、なかなかセクシーだったよ。次の見る？」

　軽い口調でそう言うと、わたしの返事も聞かずに男がスマートフォンを操作した。

　次の瞬間、部屋の壁に別の映像が映し出された。やはり同じ場所で背後から犯されている女の映像だった。

　その女は色が白く、かなりふくよかな体型をしているらしかった。肩にも首にも背中にも、柔らかそうな肉がたっぷりとついていた。長い女の黒髪には、緩いパーマがかけられていた。

　最初は真後ろから撮影された映像だったが、徐々に撮影の角度が変わっていき、やがて女の横顔や乳房が映し出された。ちらりと見えただけだったが、その女は大人しそうな顔をしていて、とても豊かな乳房の持ち主だった。

「背後から荒々しく男性器を突き入れられながらも、女は懸命に声を抑えているようだった。それでも、その口からは断続的に、「あっ」とか「うっ」とかいう声が漏れていた。女が声を漏らすたびに、目の前のガラスが白く曇った。

　カメラの位置がさらに変わり、わたしは思わず目を逸らした。女の中から出たり入ったりしている男性器が、壁に大きく映し出されたからだ。

「この子は胸がでかかったなあ。大人しそうな顔をした子だったけど、誘ったら簡単について来たんだ。さあ、次は誰だろう？　マーチも出てくるかな？」

スマートフォンを手にした男が、また嬉しそうにそう言った。

彼がまたスマートフォンを操作したようだった。白い壁に別の映像が映し出された。今度はちょうどわたしが今いる辺りの床に四つん這いになった裸の女が、背後から犯されている映像だった。

女は痩せていて、腕が細く、肩が尖っていて、脇腹の上には肋骨が、背中には肩甲骨が、それぞれくっきりと浮き出ていた。けれど、女の皮膚には張りがなく、若い女たちの体とは微妙に違っているように見えた。

フローリングの床に肘を突いて、女は絶え間なく声をあげていた。その声を聞く限り、もう若くはないように感じられた。

「この女、三十五だって言ってたけど、本当は五十近かったんじゃないかな？　かなりのおばさんに見えたけど、フェラチオはすごくうまかったな。次のを見よう。今度こそマーチが登場するのかな？」

そう言って笑うと、男がまたスマートフォンを操作した。

その直後に、目の前の壁にまた別の映像が大きく映し出された。全裸で床に正座をしてオーラルセックスをしている女の姿を、真上から撮影した映像だった。

「この人もフェラチオがうまかったんだ。ほら、見なよ、マーチ。この人、後ろ手に縛られてるだろう? 無理やり縛ったんじゃなく、この人が縛って欲しいって言うから、縛ってやったんだ。この人、縛られると興奮するんだってさ」

男の言う通り、女の両手は背後にまわされていて、二本の手首がスカーフのようなものでしっかりと縛り合わされていた。

男は右手にスマートフォンを持っているようだった。空いている左手で、男は女の髪を乱暴に鷲摑みにし、最初の晩にわたしにしたように、女の顔を前後に荒々しく打ち振らせていた。

男は撮影の角度を徐々に変えていき、やがて男性器を口に含んだ女の横顔がはっきりと映し出された。わたしと同じぐらいの年の綺麗な女だった。

女はしっかりと目を閉じ、頰を凹ませ、顔を苦しげに歪めている。すぼめた口から、巨大な男性器が出たり入ったりを繰り返しているのがはっきりと見える。唇と男性器が擦(こす)れ合う音が絶え間なく聞こえる。

「この人、マゾヒストだって言ってたけど、旦那さんには自分がマゾヒストだっていうことを隠してるんだって」

男が言った。その口調はやはり、とても楽しげだった。

11

男が次々とスマートフォンを操作し、目の前の白い壁に喘ぎ悶える女たちの姿が次々と大きく映し出された。まだ少女のような女もいたし、かなり年配に見える女もいた。痩せた女もいたし、太った女もいた。小柄な女もいたし、とても大柄な女もいた。

わたしは床に蹲ったまま、それらの映像をぼんやりと見つめ、女たちの口から出る淫らな喘ぎを聞いていた。

髪の長い女、短い女……派手な爪の女、そうでない女……たくさんのアクセサリーを光らせている女……化粧の濃い女、薄化粧の女、すっぴんの女……派手に喘ぐ女、そうでない女……苦しげな顔をしている女、嬉しそうな女……顔を撮影されても平気な女と、それを嫌がって顔を背ける女……。

ぼんやりと見つめているうちに、不思議なことにその映像がぼやけ始めた。どうやら、目に涙が溢れてきたようだった。

えっ？　泣いているの？　どうして？　どうして泣いているの？

わたしは自問した。

けれど、涙の理由は深く考えなくてもわかった。その女たちと自分の姿が重なって見えたのだ。

きっとこの女たちも渇いているのだろう。からからに渇いて……今にも干からびてしまいそうで……誰かに潤してもらいたくて……道に迷った子供のように途方に暮れて、涙を抑えてさまよっているのだろう。

それはまさに、少し前までのわたしだった。いじけていて、ひねくれていて、人に優しくできない、少し前までのわたしの姿だった。

「どうかしたの、マーチ？　もしかしたら、泣いてるの？」

わたしの涙を目にした男が、意外そうな顔をして訊いた。

その男にはわたしの涙の理由が、少しもわかっていないようだった。

わたしは無言で奥歯を嚙み締めた。そうしているあいだにも、涙は次々と込み上げ続けていた。

「これ……わたしだよ……」

呟くように、わたしは言った。その瞬間、目の縁から涙が溢れ出し、頰をすーっと伝って流れ落ちた。

「マーチ、何を言ってるの？」

男がわたしを見つめた。やはり、何が何だかわかっていないようだった。

「わたしだよ……これ、みんなわたしだ……誰も彼も、全部わたしだ……どの女も、みんなわたしなんだよ……」

次の瞬間、わたしは立ち上がり、部屋の片隅に乱雑に投げ出されている自分の衣類へと向かった。

愚かな自分が恥ずかしかった。こういう女たちと自分が同じだということが恥ずかしかった。帰りたかった。ひとりきりになりたかった。

「何を言ってるんだよ？　違うよ。全然違うよ」

立ち上がった男がわたしに歩み寄ってきた。

「違わない。みんなわたしだよ」

プロジェクターの光に照らされている全裸の男を見つめ、苛立《いらだ》ちをあらわにしてわたしは言った。男の股間には力をなくした性器がだらりと垂れ下がっていた。

「違うよ。マーチはこっち側だろう？」

強い口調で言うと、男がわたしの腕をがっちりと握り締めた。

「帰るっ！　離してっ！」

男の手を振り払い、叫ぶようにわたしは言った。そして、もう男には顔を向けず、床に落ちていたショーツを素早く穿き、ブラジャーを拾い上げて身につけ始めた。

12

「苦しいんだよ、マーチ……普通に生きていると、苦しくなるんだよ……」

沈んだ口調で、呟くように男が言うのが聞こえた。

男はきっと、わたしに甘えたがっているのだろう。あるいは、わたしに何かをわかってもらいたいと望んでいるのだろう。

けれど、わたしはやはり、男を見はしなかった。

今も涙が込み上げ続け、それが頬を伝って絶え間なく流れ落ちていた。

ブラジャーのホックを嵌めているわたしの腕を、彼が再び握り締めた。わたしはまたそれを無言で振り払い、床からサテンのブラウスを拾い上げた。

「ねえ、マーチ。楽しい？　生きていて楽しい？　仕事をしていて楽しい？」

わたしの前に立ち塞がるようにして男が訊いた。

「人生って、楽しいことばかりがあるわけじゃないけど……でも、時には楽しいこともある。今は……仕事をするのが楽しい」

ブラウスを羽織りながら、彼のほうには顔を向けずにわたしは答えた。

「仕事が楽しい？　マーチは本当に仕事が楽しいの？　きょうみたいにみんなの前でプレゼンするのが楽しいの？」

ブラウスのボタンを嵌めているわたしの横で、大きな声で男が言った。その声には強い苛立ちが込められているように感じられた。

けれど、わたしは返事をせずに、ブラウスのボタンを嵌め始めた。

「仕事がうまくいくとか、うまくいかないとか……そんなこと、どうでもいいことだろ？　マーチはそう思わない？」

「思わないよ。あんたのことは知らないけど、少なくともわたしは、どうでもいいとは思わない」

ブラウスのボタンを嵌め終わり、わたしはパンティストッキングを拾い上げた。

「嘘だ、マーチ。それは嘘だ」

叫ぶように男が言った。その声にはさらなる苛立ちが込められていた。

「嘘じゃない。ホントだよ」

男にちらりと視線を向けてから、わたしはパンティストッキングに脚を通し始めた。

「仕事がうまくいったって、うまくいかなくたって、どうせみんな忘れちゃうんだ。みんな、すぐに忘れちゃうんだよ」

パンティストッキングを穿き終え、超ミニ丈のスカートを拾い上げたわたしに、怒っているかのような口調で男が言った。「みんな、いろいろなことを言うよ。本当にいろいろ言う。あいつは許せないとか、あいつは信用できないとか、あいつはわかってないとか……怒りに顔を歪めたり、笑ったりしながら、みんないろいろなことを言うよね？　だけど……それはその時だけで、みんなすぐに忘れちゃうんだ。時間が経てば、何もかも、どうでもいいことになっちゃうんだ」

殺風景な部屋の中には、この男に性器を突き入れられている女の喘ぎ声が響き続けていた。男はわたしの前に立ち塞がり、切れ長の目でこちらを見つめていた。その目には怒りと苛立ちが浮かんでいるように感じられた。

そう。その男は怒っているのだ。苛立っているのだ。その男にとっては、この世にあるすべてのものが怒りと苛立ちの対象なのだ。

「今、マーチは仕事がうまくいってるよね？　でも、その前はどうだった？　もっと前は？　どんな男と付き合ってた？　その時はその人が特別だと思っていたよね？　楽しかった日もあったし、苦しかった日もあったよね？　でも、そんなこと、全部、意味がないんだ」

「意味がない？」

「そうだよ。楽しいとか、苦しいとか、嬉しいとか、悲しいとか……そんなこと、どこにも意味がないんだよ。違うか、マーチ？」

切れ長の目を吊り上げ、顔を怒りに歪め、唾を飛ばしながら口早に男が言った。

「そんなことはない。意味はあるよ。どんなことにだって意味はあるよ」

わたしもまた強い口調で言い返した。

「いや、ないね。意味なんてない。何をしても意味なんてない」

わたしに触れるほど顔を近づけて男が言った。その顔に嘲りの笑みが浮かんでいた。

「ゆーと、あなた、自分が何を言ってるか、わかってるの？」

タイトなスカートを手にしたまま、わたしもまた嘲ったように訊いた。

「わかってるよ。よくわかってるっ！」

彼が怒鳴り、わたしも怒鳴り返した。

「わかってないよっ！　ゆーとは何もわかっていないっ！」

「じゃあ、訊くけど、仕事がうまくいったからって、それが何になるんだよ？　結婚したからって、何になるんだよ？　子供が生まれたからって、何になるんだよ？　生まれた子が可愛いからって、それが何になるんだよ？ 食事が美味しいからって、それが何になるんだよ？ いいところに住んだからって、それがいったい何になるんだよっ！ 教えてよ、マーチ。教えてくれよっ！」

吐き捨てるかのような口調で、男が次々と言葉を口にした。その顔には極めて投げやりな表情が浮かび上がっていた。「意味なんか、ないんだっ！ 意味なんか、どこにもないんだよっ！」

唾を飛ばして怒鳴っている男の顔を冷ややかに見つめ、わたしはゆっくりと首を左右に振った。

「ダメだね、ゆーと。わたしたちダメだ……わかり合えないよ。やっぱり、わかり合えない。わかり合えないよ」

呟くように、わたしは繰り返した。そして、手にしていたタイトなスカートを素早く穿き、床からスーツのジャケットを拾い上げて玄関へと向かった。

「待てよ、マーチ」

背後から男の声が聞こえた。だが、わたしは振り向かず、玄関でパンプスを履き、ドアを開けて廊下に出た。

後ろ手にドアを閉めようとした瞬間、また「マーチ、待てったら」という声がした。

けれど、わたしはそのままドアを閉めた。

エレベーターに向かって、歩いていると、またしても多量の涙が溢れ出てきた。わたしはその涙を、手の甲で無造作に拭(ぬぐ)った。


真砂なす数なき星のその中に　吾に向いて光る星あり

誰もいないエレベーターに乗り込んだ瞬間、正岡子規の歌が急に頭に浮かんだ。

わたしは奥歯を嚙み締め、もう一度、手の甲で涙を拭ってから、『1』というボタンに触れた。

13

『リスタート』と『アストランティア』とのコラボレーションの企画は着々と進行し、新ブランドの名称がついに決まった。

新しいブランドの名称は、なんと、『March』だった。『リスタート』の社長の山口道夫の、「伊藤さんの名前を使おう」という鶴の一声で決定したのだ。

わたしは「別の名前にしましょう」と言って固辞した。とても照れ臭かったのだ。けれど、山口は「響きもいいし、これでいこう。俺の勘には狂いはないはずだ」と言って、頑として譲らなかった。

照れ臭くはあったけれど、真知子という自分の名が新ブランドに冠されたことを、わたしはとても誇らしく感じていた。それはまさに『身に余る光栄』という気分だった。

オンラインショップのオープンも四月二十五日の正午に決定し、オープンに合わせて『リスタート』の本社ビルの地下にある洒落たカフェテリアで、オープニングセレモニーが行われることになった。

その日が来るのはもう、ほんの目と鼻の先のことだったから、この企画を全面的に任されているわたしは目のまわるような忙しさで、帰宅できるのは連日深夜になっていた。

新企画の会議があるたびに、原島努の姿を目にした。けれど、彼とわたしが個人的に言葉を交わすことはなかった。

その朝も、わたしは青山の店に出勤したが、すぐに『リスタート』の営業部長の天童から呼び出しがかかった。それでわたしは、店をさやかとアルバイトの子のふたりに任せて出かけることにした。

「さやかに任せっきりにして、ごめんね」

資料を抱えて店を出る前に、わたしはレジカウンターにいるさやかに謝罪した。

「わたしは大丈夫ですけど……店長、忙しそうですね」

わたしを見つめてさやかが言った。

「うん。オープンが近いからね」

「いいですね」

羨ましそうにさやかが言い、わたしは少し驚いてさやかを見つめた。コケティッシュなさやかの顔には今朝もとても濃密な化粧が施され、全身でたくさんのアクセサリーが光っていた。

「そう？　いい？」

「ええ。店長、バイヤーに戻れそうじゃないですか」

「それはまだわからないよ」

天童諄一の顔を思い浮かべながら、わたしは壁の時計にちらりと視線を向けた。彼はとても時間にうるさい男だった。

「わたし、この頃、宣伝会議とかに呼ばれないんです」

足元に視線を落としたさやかが、呟くような小声で言った。

「宣伝会議なんて面倒くさいって、前にさやか言ってたじゃない？」

「それは、そうですけど……」

「それとも、本当は会議に呼ばれたかったの？」

エクステンションがぎっしりとつけられたさやかの目を見つめて、わたしは言った。その口調に少し意地悪な響きがあるのが、わたし自身にもわかった。

「アストランティアには、もうわたしは必要ないんですかね」

わたしを見つめかえしたさやかが、やはり小声でそう言った。

意気消沈しているらしいさやかの顔を目にした瞬間、わたしの中にどす黒くて、とても意地悪な喜びが込み上げてきた。

そう。わたしは彼女を蹴落としたような気持ちになっていたのだ。彼女に『勝った』と思ったのだ。

「時間がないから、もう出るね。あとをよろしくね」

そう言うと、わたしはさやかを残して扉へと向かった。

店を出た瞬間、全身に自己嫌悪が広がっていった。わたしはやっぱり、とてもひねくれていて、性格の悪い女なのかもしれなかった。

『リスタート』の本社ビルの入り口では、社長の北村圭吾とバイヤーの佐伯崇、それにオンラインショップ担当の岡田保がわたしの到着を待っていた。

「遅いぞ、真知子」

小走りに近づいたわたしに、北村が言った。けれど、わたしに向けられたその顔には嬉しそうな表情が浮かんでいた。『リスタート』とのコラボレーションの企画が軌道に乗ってからの彼は、いつもご機嫌だった。

「すみません、北村さん。これでも急いで来たんですよ」

「大丈夫ですよ、伊藤さん。僕たちだって、たいして待っていませんよ。ねえ、岡田さん？　それじゃあ、行きましょう」

今度は佐伯が言った。その顔にも笑みが浮かんでいた。

かつてのわたしはバイヤーの仕事を彼に取られたことで、佐伯を一方的に恨んでいたし、一方的に妬んでもいた。けれど、お坊っちゃん育ちで性格のいい佐伯には、そういう感情はまったくないようで、この企画が動き出してからも、いつも同じようにわたしに接してくれていた。新ブランドの名称が『March』に決定した時には、「自分の名前がブランド名になるなんて、すごいですね、伊藤さん。おめでとうございます」と、自分のことのように喜んでくれた。

そんな佐伯のことを、最近のわたしは立派な男だと思うようになっていた。

わたしも彼のように、素直な気持ちで生きていきたかった。彼のように、他人の喜びを素直に喜びたかった。

けれど、たぶん、わたしにそれは無理だろう。

今は仕事がうまくいっているけれど、次に躓いた時には、きっとわたしは以前よりもっとひねくれて、以前よりもっと性格の悪い女になるのだろう。

北村たちと四人でエレベーターに乗り込みながら、わたしはそんなことを考えていた。

「伊藤さん、サイトのデザイン案ですけど、『リスタート』の社内でもすごく評判がいいみたいですよ」

エレベーターの中で、わたしの隣に立った岡田保が言った。

「そうみたいですね。これもみんな、岡田さんのおかげです。ありがとうございます」

メタルフレームの眼鏡の向こうの、岡田保の目を見つめてわたしは微笑んだ。

「いいえ。僕はただ、伊藤さんのイメージを形にしただけですから……」

いつも真面目な彼が、少し恥ずかしそうに言った。その頬が少し赤くなっていた。

みんなに支えられているんだ。わたしはひとりじゃないんだ。

上昇を続けるエレベーターの中で、わたしはそんなことを感じていた。

14

その晩、深夜に帰宅したわたしは、手早くシャワーを浴びると、缶ビールとスマートフォンを持ってナイトドレス姿で部屋の窓を開けた。

窓の外にあるのは三平方メートルほどのとても狭いベランダだった。ベランダにはリクライニングシートが置かれていて、暖かな季節には湯上りにそのリクライニングシートに身を預けて、冷たいビールをゆっくりと味わうというのがわたしの習慣だった。

今夜もわたしはリクライニングシートにもたれ、よく冷えた缶ビールを飲みながらメンソールのアイコスを吹かした。

夜も遅いというのに、窓の外には今も都会の喧騒が満ちていた。行き交う車のエンジン音が、絶え間なく耳に入ってきた。ここは八階だったけれど、歩道を歩いている人の声も途切れ途切れに聞こえた。

暖かな春の風が吹いていた。その夜風がまだ湿っているわたしの髪を、撫(な)でるかのように優しくそよがせていった。ビルとビルとのあいだに、ライトアップされた東京タワーが見えた。

リクライニングシートにもたれてアイコスを深く吸い込みながら、わたしは夜空に視線を向けた。

今夜は空気が澄んでいるようで、わたしは夜空の片隅に、久しぶりに『わたしの星』を見つけることができた。

こんばんは。

わたしは心の中で星に語りかけた。

けれど、今夜もその星がわたしに向かって光っているようには感じられなかった。その星がわたしに囁(ささや)く声も聞こえなかった。

すぐ脇に置かれた小さなテーブルに缶ビールを置き、わたしはスマートフォンを開いてTwitterに行き、わたしのもうひとつのアカウントである『March』にアクセスした。今ではそのフォロワーの数は二万を超えていた。

わたしの裏アカウントの『March』には、次の投稿を待ちわびている者たちからのダイレクトメッセージが、数え切れないほどたくさん届いていた。最近は仕事が忙しかったということもあって、わたしがそこに投稿をしたのは、だらしない体をした色白の男に渋谷のラブホテルの一室で犯されている動画が最後だった。

『次はいつ？　どんな動画？　待ち遠しー』『どうしちゃったの、Marchさん。早く次の動画を見せてよ』『もしかしたら、今は生理中？』『新しい投稿をお願いします』『マーチの動画じゃないとヌケないよー』『次は俺とやりましょう』『仕事が忙しいの？　それとも、彼氏でもできたの？』『顔を見せて。お願いだから、お顔を拝ませて』

そんなメッセージを読みながら、わたしはビールを飲み干した。そして、ゆっくりとアイコスを深く吸い込んでから、再びスマートフォンのTwitterの画面を見つめ、『設定とプライバシー』という箇所に触れ、続いて『アカウント』という表示に触れ、そのいちばん下にある『アカウントを削除』というところに触れた。

そう。わたしは自分のもうひとつのアカウントを、この世から消し去るつもりだった。

わたしを見ている二万人の人々と、今夜限りでお別れするつもりだった。

わたしにはもう、裏アカウントは必要なかった。わたしは今、この現実の世界に、しっかりとした自分の居場所を見つけていたから。

すぐにスマートフォンの画面に、『アカウントを削除しますか？』という表示が現れた。

一瞬、わたしは躊躇した。あのたくさんの『いいね』と、二度と会えなくなることが寂しかったのだ。

『いいね』

少し前まで、わたしは『いいね』の数に支えられて生きていた。あの頃のわたしにとって、『いいね』は不可欠だったのだ。

だが、もはやそれは必要なかった。それどころか、そんなアカウントを残しておくのは、今では危険なことだった。

もし、『March』がわたしだと誰かに知られたら、生きていくことはできなかった。

わたしはまたアイコスを深く吸い込んだ。もう何も考えず、『アカウントを削除しますか?』という表示にそっと触れた。

そして、その瞬間、この世から『March』が消えた。屈折していて、渇いていて、いじけて、ひねくれていたわたしが完全に消えた。

第五章

1

その日がきた。ついにきた。

きょうは待ちに待った、新ブランド『March』のオープニングセレモニーが行われる日だった。

わたしはいつもより早起きをして、浴室で髪と体を入念に洗った。その後は、大きなバスタオルを体に巻きつけたままドレッサーの前に座り、濃くなりすぎないように気をつけながらも丁寧に化粧を施し、ドライヤーとヘアアイロンとを使って髪を整えた。そして、この日のためにボーナス払いで購入した白いオフショルダーのロングドレスをまとい、お気に入りのアクセサリーの数々を身につけ、青草を思わせる香りのする高級ブランドの香水を体に軽く吹きつけた。

玄関のたたきには、このロングドレスと一緒に、やはりボーナス払いで買った踵の高い白のサンダルが揃えてあった。フランスの高級ブランドのサンダルで、わたしにとっては高い買い物だった。

身支度を終えたわたしは、勇むような気持ちを抑えながら、ドレッサーに映っている自分の姿をまじまじと見つめた。

鏡の中ではほっそりとした女が、わたしをじっと見つめ返していた。

かつて、その女はいつも虚ろな目をしていて、生気の感じられない顔をしていた。けれど、今朝はそうではなく、目が輝いていて、とても生き生きとしていた。

「いいよ、真知子。素敵だよ。すごく素敵だ」

わたしはその女に向かって声に出して言った。首が長くて肩が尖ったその女に、オフショルダーのそのドレスはとてもよく似合っていた。

ドレッサーから離れて、わたしは窓辺に歩み寄った。そして、そこにかかっているオフホワイトのレースのカーテンを、両手で左右に勢いよく開いた。

その瞬間、朝の太陽が部屋の奥まで深く差し込み、フローリングの床を強く照らした。

ここ数日、ぐずついた日が続いていた。けれど、きょうはよく晴れて、窓の外には眩いまでの春の光が燦々と降り注いでいた。それはまるで、天気までがこの特別な日を祝福してくれているかのようだった。

「よし。頑張るぞ」

誰にともなく言うと、わたしは窓辺を離れて、もう一度、ドレッサーの前に立った。そして、美しく着飾った鏡の中の女に、「行くよ、真知子。頑張りなさい」と声をかけてから玄関へと向かった。

2

新ブランド『March』のお披露目のセレモニーは、『リスタート』の本社ビルの地下にあるカフェテリアで行われた。『リスタート』の社長の山口道夫の友人の著名な建築家が内装を担当したというそのカフェテリアは、広々としていて、造りが凝っているだけでなく、そこにあるすべてのものがとても洒落ていた。照明までもが洒落ていた。

オンラインショップのオープンは正午だったけれど、午前十時半すぎには招待状を手にしたマスコミ関係者や、ファッション関係者、百貨店の関係者、それにインスタグラマーなどが続々と会場に集まり始めた。

オープニングセレモニーには、『リスタート』の大得意の女性客たちも何人か招かれていた。『アストランティア』でも常連客たちに招待状を送っていた。

会場に姿を見せた女たちの多くがドレスアップしていた。わたしのように肩を剝き出しにしている女も多かった。男たちも洒落た装いをしている人が目立った。招待客のほとんどが、ビールやワインやシャンパーニュが注がれたグラスを手に取り、軽食を口にしながら談笑していた。

店内にはいくつものスクリーンが用意されていて、そのそれぞれにわたしたちの新ブランド『March』のイメージフィルムが映し出されていた。オンラインショップを担当している岡田保が中心になって制作した、美しくて上品で、とても洒落ているだけでなく、なかなか前衛的なイメージフィルムだった。

そのイメージフィルムは売り出し中の女性ダンサーによる、独創的な舞踏をモチーフにしたもので、『本当の自分とは』という新ブランドの前衛的なコンセプトにとても合っているように感じられた。

きょう、『アストランティア』ではすべての店舗を休業にし、全社員がこのカフェテリアで接客にあたっていた。受付にはいつも以上に濃い化粧を施したさやかが立ち、訪れる人々に笑顔で応対していた。

店内には現代的ではあるが、優雅で清らかな音楽が流れていた。わたしは談笑する招待客たちのあいだを縫うように歩き、客たちのひとりひとりに笑顔で挨拶をしてまわった。

広々とした会場の片隅には社長の北村圭吾と、オンラインショップ担当の岡田保がいた。その北村に笑顔で手招きをされて、わたしはふたりにゆっくりと歩み寄った。

「盛況だな、真知子。よかったな」

白ワインの入ったグラスを手にした北村が、とても嬉しそうに言った。

「そうですね。よかったです」

北村を見つめてわたしは頷（うなず）いた。

北村は『リスタート』とのコラボレーションの企画を担保に、銀行から新たな融資を受けることに成功していた。その資金があれば、当面のあいだ、『アストランティア』は店舗数を減らしたり、人員整理をしたりせずに済みそうだった。

「伊藤さん、おめでとうございます」

今度は岡田がわたしに言った。彼が手にした細長いフルートグラスの中では、黄金色（こがねいろ）をしたシャンパーニュが盛んに泡を立てていた。

「ありがとうございます。岡田さん、このイメージフィルム、すごく素敵ですね」

「そうですか」

「ええ。岡田さんが頑張ってくれたから、ここまで来られたような気がします」

メタルフレームの向こうの彼の目を見つめ、声を弾ませてわたしは言った。

それはお世辞ではなく、わたしの本音だった。岡田保は新ブランドを成功させるために、自分の仕事の領域を超えてわたしに手を貸してくれていた。ふたりきりで深夜まで残業をしたことも数え切れないほどあった。

「僕がしたことなんて、大したことじゃありませんよ」

岡田保が照れたように微笑んだ。彼は仕事のできる人だったが、いつも物静かで、とてもシャイで、それを鼻にかけるようなことは決してしなかった。

北村や岡田と話をしていると、『リスタート』の社長の山口道夫が人混みをかき分けるようにしてわたしたちに歩み寄ってきた。

「伊藤さん、こんなところにいたのか」

赤らんだ丸顔に笑みを浮かべた山口が言った。「伊藤さん。お疲れ様でした。君は本当によくやってくれた。この新ブランドは絶対に成功するよ。心から礼を言うよ。ありがとう。そして、これからもよろしく頼みます」

山口がわたしに頭を下げた。彼から頭を下げられるのは、これが初めてだった。

「ありがとうございます。山口さんにそう言っていただいて、すごく嬉しいです」

そう言うと、わたしも山口に頭を下げた。嬉しくて、飛びまわりたいような気分だった。

山口道夫や北村たちと別れると、わたしは訪れてくれた人々に挨拶をするために、混雑した会場内を再び歩き始めた。

そのあいだ、わたしはずっと笑みを浮かべていた。何人もの人たちに「おめでとうございます」「いいブランドになりそうですね、伊藤さん」などと声をかけられて、とても弾んだ気持ちになっていたから。

賑(にぎ)やかな会場を歩きまわっていると、バーカウンターのスツールにひとりで腰掛けている原島努の姿が目に入ってきた。

少し離れたところに立ち止まり、わたしは原島努をじっと見つめた。彼はきょうも髪をきちんと整え、濃紺のシックなスーツを身につけ、磨き上げられた革靴を履いていた。女のようにしなやかな手に、原島努はシャンパーニュの入ったフルートグラスを持っていた。

自分を見つめる視線に気づいたのだろう。彼がこちらに視線を向け、その切れ長の目でわたしを見つめ返した。

軽く会釈(えしゃく)をしてから、わたしはゆっくりと彼に歩み寄った。

「おめでとうございます、伊藤さん」

立ち上がった彼が、他人行儀な口調で言うと、わたしに深く頭を下げた。

「ありがとうございます、原島さん」

わたしもまた他人行儀に言い、彼に頭を下げ返した。

「すみません。同じものを、もうひとつお願いします」

原島努が自分のグラスを掲げて、カウンターの向こうのウェイトレスに言った。

その言葉に応じて、ウェイトレスがフルートグラスにシャンパーニュを注ぎ入れて彼に手渡した。

「伊藤さん、喉が渇いているんじゃないですか？　どうぞ」

ウェイトレスから受け取ったフルートグラスを、彼がわたしに差し出した。

「あっ。ありがとう……ございます」

わたしは素早く辺りを見まわした。わたしたちに視線を向けている人は、ひとりもいないように見えた。

「どういたしまして。じゃあ、乾杯」

原島努が自分のグラスをそっと掲げた。

「乾杯」

あの晩、ボートレース場のすぐそばの薄汚れた店でしたように、わたしたちは洒落たフルートグラスの縁を軽く触れ合わせた。

「嬉しいんだろうね。僕にはよくわからないけど……」

シャンパーニュを一口飲んでから、敬語を使わずに彼が言った。その口調はひどく冷ややかだった。

わたしも何かを言おうとした。けれど、何も言わずに彼の顔を見つめ続けた。

こんなに綺麗な顔をしていたんだ。

わたしは改めてそう思った。

そう。彼の顔は見れば見るほどに美しかった。

「こういう時には、一緒に喜んで欲しいんだよね？」

黙っているわたしに向かって、彼が冷めた口調で言葉を続けた。

けれど、わたしは返事をせず、彼から視線を逸らした。そして、細長いグラスに唇を寄せ、そこになみなみと注ぎ入れられた黄金色をした液体をそっと口に含んだ。

酸の強いその液体を飲み込んだ瞬間、喉がこくんと小さく鳴り、わたしは目の前にいる男の体液を嚥下した時のことを……どろりとしたその男の体液が喉に絡みつき、食道をゆっくりと流れ落ちていった時のことを、仄かな胸の痛みとともに思い出した。

3

来場者たちへの挨拶を終えたわたしは、バイヤーの佐伯崇と並んで来場者たちの背後に立ち、何度も時計に目をやりながらその瞬間が来るのを今か今かと待っていた。

「伊藤さん、僕、何だかドキドキしてきましたよ」

わたしを見下ろして佐伯が笑った。佐伯はとても背が高かったから、わたしが十センチ以上あるパンプスを履いているにもかかわらず、こうして並んで立つと、いつも彼はわたしを見下ろすような感じになった。

「わたしはもっとドキドキしてるよ」

少し顔を強張(こわば)らせて、わたしは佐伯を見つめ返した。

自信がないわけではなかった。いや、自信はあった。それでも、もし、人々に受け入れられなかったらと思うと、緊張しないわけにはいかなかった。この企画の成否には『アストランティア』の存亡がかかっているだけではなく、バイヤーとしてのわたしの人生がかかっていた。

やがて、カフェテリアのあちらこちらに設置されたスクリーンに『10』という数字が映し出された。その数字が、一秒後に『9』になり、また一秒後に『8』になった。

そう。カウントダウンが始まったのだ。

賑やかだった会場がしんと静まり返り、わたしの緊張は最高潮に達した。脚がひどく震え、立っていることさえままならないほどだった。

「ああっ、いよいよだ」

佐伯崇が呟くように言い、わたしは無意識のうちに奥歯を強く嚙み締めた。

数字はどんどん小さくなっていき、やがてそれが『0』になった。そして、その瞬間、会場に流れている音楽が変わり、同時に、すべてのスクリーンに洒落た衣装を身につけたモデルたちの姿が映し出された。

会場にどよめきのような声が漏れ、わたしはとっさに人々の顔を見まわした。

見ている。見ている。見ている。見ている。

この場にいるすべての人が、スクリーンを見ている。招待客もスタッフも、男も女も、ウェイトレスやウェイターまでもが、スクリーンに映し出されたモデルたちの姿を見ている。

人々の顔には、笑みが浮かんでいる。驚いたような顔の人もいる。「いいですねえ」「攻めてるなあ」「すごく素敵」「かっこいいな」などという声が、あちらこちらから聞こえる。

その瞬間、わたしの中に大きな安堵感が広がっていった。

「伊藤さん……みなさんの反応、すごくいいみたいですね」

佐伯がわたしを見つめた。その顔にも喜びと安堵感とが満ちていた。

「そうかしら？」

わたしは佐伯を見つめ返した。今もなお、脚がひどく震えていた。

けれど、わたしは今、新ブランドの成功を確信していた。

大丈夫だ。受け入れられている。うまくいく。これなら、きっとうまくいく。

「ほらっ、みんなの顔を見てください」

嬉しそうに佐伯が言った。「これなら、新ブランドは絶対に成功します。伊藤さん、頑張った甲斐がありましたね。おめでとうございます」

「おめでとうは、まだ早いわよ」

脚がくがくと震え続けているのを感じながらも、佐伯を見上げてわたしは微笑んだ。

4

すべてがうまくいくように思われた。けれど、そうではなかった。

異変が起こったのは、新ブランドの名称である『March』のロゴがスクリーンに大きく浮き上がった直後のことだった。スクリーンからそのロゴが突如として消え、その代わりに女の映像が……浅ましい声を漏らしながら喘ぎ悶えている女の、極めて淫らな映像が、すべてのスクリーンに投影され始めたのだ。

その映像を目にした瞬間、わたしの肉体を凄まじいまでの戦慄が走り抜けた。直後に、頭の中が真っ白になった。

あろうことか、その映像はTwitterで出会った男のひとりに、わたしがラブホテルの一室で撮影させたもので、淫らに喘ぎ悶えている女は、ほかでもない、このわたしだったから。

女は四つん這いになっていたので、映し出されているのは後頭部だけで、顔は映っていなかった。けれど、その映像はわたしがTwitterに投稿した動画に違いなかった。

さっきまでスピーカーから流れていた音楽は消え、代わりに、淫らで浅ましい女の声が会場内に響き渡った。それはわたしの声ではなかったけれど、ここにいる人たちには、スクリーンに映し出されている女の口から漏れ出ている声のように聞こえているはずだった。

スクリーンには剝き出しになった女の背中が大写しにされていた。四つん這いの姿勢で背後から犯されている女は、細い首を上下に打ち振り、肩の長さで切り揃えられた黒髪を激しく振り乱して喘ぎ悶えていた。ほっそりとした女の背には天使の羽のような肩甲骨がくっきりと浮き上がり、白く滑らかな皮膚にはブラジャーのストラップの跡が生々しく残っていた。

すぐに映像が別のものに切り替わった。それもまた男に犯されているわたしの映像で、わたしが数週間前にTwitterに投稿したものだった。

その動画では、女はベッドに仰向けになっていた。快楽に歪んだわたしの顔はギリギリ映っていなかったけれど、結婚指輪の光る男の左手で荒々しく揉みしだかれている小ぶりな乳房ははっきりと映っていた。スクリーンに映し出されている女の首には、今まさにわたしの首に巻かれているネックレスが光っていた。

たちまちにして、会場内に驚きと動揺が広がった。

「何だ、これは？」

「おいっ、どうなってるんだ？」

「早く消せっ！　消すんだっ！」

慌てふためいているスタッフの声が、あちらこちらから聞こえた。その中には山口道夫や北村圭吾の声もあった。

頭の中が真っ白になったまま、わたしは会場の片隅へと駆け出した。そこでは映像を担当していた数人のスタッフが、ひどく慌てた様子で怒鳴り合っていた。

「どうなってるの、これっ！　どうしてあんなものが映ってるのっ！」

パソコン操作を続けている男に、わたしもまた怒鳴るかのように言った。

「わかりません」

ちらりと顔をあげた男が言った。その『リスタート』の若い男性社員の顔には強い狼狽が浮かんでいた。

「消してよっ！　早く消してっ！」

「消せないんですっ！　消えないんですよっ！」

男もまた、唾を飛ばして怒鳴るかのように言った。

「いいから消してっ！　消してっ！　消してーっ！」

わたしは身をよじって叫んだ。完全にパニックに陥っていたのだ。

そのあいだも会場内には、喘ぎ悶える女の声が響き続けていた。スクリーンにはさっきとは別のわたしの映像が映し出されていた。それも仰向けになって犯されるわたしの動画で、目から下の部分がはっきりと映っていた。喘ぎ悶えている口の中までがよく見えた。

その直後に、その動画が停止し、女の喘ぎ声が消えた。そして、スクリーンの上のほうに、切り抜かれたわたしの顔写真がぽっかりと浮かび上がった。

『わたし、伊藤真知子。服なんかいらないよ』

会場内に加工が施された甲高い女の声が響いた。同時に、わたしの顔写真の横にマンガの吹き出しのようなものが現れ、そこに女が言った『ワタシ、伊藤真知子。服なんかいらないヨ』という言葉が書き込まれた。

すぐにスクリーン上の裸の女の左小指と、そこに嵌められたピンキーリングが大写しになり、『ほらっ、この指輪を見て』という女の声が響いた。

『この指輪、わたしのだよ』

女の声が響き、ほぼ同時に、青山の店にいるわたしの写真がスクリーンに映し出され、その左手が画面いっぱいに拡大された。スクリーンに現れた矢印の先端には、まさに今、わたしの左小指に嵌められているピンキーリングが光っていた。

わたしはとっさに周りを見まわした。

見ていた。会場内にいるすべての人々が、興味深そうにわたしを見つめていた。

『見せるほどの体じゃないけどね』

会場内に女の声が響き、続いて嘲るような甲高い笑いが響いた。

直後にまた別の映像がスクリーンに映った。今度は仰向けになっているらしい男にまたがって弾んでいる女の姿で、やはり目はギリギリ映っていなかったが、目から下の部分ははっきりと見えた。

女は自ら男の上で体を弾ませていた。トランポリンをしている時のように、肩の長さで切り揃えられた黒髪が激しくなびき、小ぶりな乳房が上下に揺れていた。

数秒後に、その映像が停止し、女の首元のネックレスが大写しにされた。同時に、そのすぐ横に、青山店にいるわたしの写真が映し出され、その首元がアップになった。

『ほら、このネックレスも同じだよ』

女の声が響き、会場にいたすべての人々がわたしの首に視線を向けた。

わたしは顔を強張らせ、こちらを見ている人々に虚ろな視線を向けた。今もわたしの首には、そのお気に入りのネックレスが巻かれていた。

そうこうするうちに、スクリーンの映像がまた変わった。今度は裸の女がジャケットだけを身につけている写真で、やはり数週間前にわたし自身が脱衣所の鏡の前で撮影し、その直後にTwitterに投稿したものだった。

その写真の横に、青山の店から出て来る女の写真が映し出された。同じジャケットを身につけているわたしの写真だった。

『これも同じだよ』

加工された女の声が説明し、その直後にまた、喘ぎ悶えるわたしの映像がスクリーンいっぱいに映し出された。

『誰とでもするよー。早い者勝ちだから、わたしとセックスをしたい人は、名刺の携帯番号に今すぐ電話してね』

笑いながら女が言い、スクリーンに映し出されたわたしの顔の横に、その言葉が字幕のように浮き上がった。

「何やってるんだっ！　映像を止めろっ！　早く止めろっ！」

怒鳴りながら駆け寄ってきた北村が、プロジェクターから延びているケーブルを辿り、それを力任せに引き抜いた。

その瞬間、スクリーンの映像がふっと消え、嘲ったような女の笑い声が消えた。

5

見ていた。みんなが見ていた。今、このカフェテリアにいるすべての人々が、ひどくいかがわしいものを見るような目で……あるいは、醜くて、汚らわしくて、とてもおぞましいものを見ているかのような目で……このわたしをじっと凝視していた。

そんな人々の中に、わたしは原島努を見つけた。

これほどまでにえげつない方法でわたしを陥れ、わたしの人生を滅茶苦茶にしたその男は、無表情にわたしを見つめていた。

「どうなってんだよ、真知子？　説明しろっ！」

わたしに歩み寄ってきた北村圭吾が言った。その顔には凄まじいまでの怒りの表情が浮かんでいた。

わたしは返事をする代わりに、こちらを見つめている原島努に歩み寄った。

「楽しい？　こんなことをして楽しい？」

挑むような目で男を見つめ返し、わたしは低い声で言った。込み上げる怒りに声が震え、全身がぶるぶると震えた。

わたしの言葉を耳にした人々が、今度はいっせいに原島努に視線を向けた。

「俺じゃないよ」

抑揚のない口調で男が答えた。その顔にはわずかな動揺も見られなかった。

「あんたしか……あんたしかいない」

さらに一歩、男に近づいてわたしは言った。自分の口から唾液が飛んだのが見えた。

「原島さん……真知子と何か……関係があるんですか？」

怒りに顔を歪めた北村が、目を吊り上げて原島努を見つめた。その返答次第では、殴りかかっていきそうな勢いだった。

「あるわけないですよ」

原島努が平然と答えた。整ったその顔には、冷ややかな笑みが浮かんでいた。

「あんたはそうやって生きていけばいいよっ！」

わたしはヒステリックに声を張り上げた。

「どういうことなんだ、真知子？　俺にわかるように説明しろっ！」

今度は北村が怒鳴った。

そんな北村には目を向けず、わたしは原島努に向かってヒステリックに声を張り上げ続けた。

「あんたが地獄にいたいなら、ひとりでいればいいでしょうっ！　あんたは地獄が好きなんだから。でも、わたしまで……わたしまで地獄に引きずり込まないでよっ！」

それを聞いた原島の顔に、突如として強い怒りが浮かび上がった。

怒りに顔を歪めたまま、原島がわたしに歩み寄り、向き合うように立った。そして、わたしに触れるほど顔を近づけ、声をひどく震わせて言った。

「言いがかりはやめろ。どうして俺があんたなんかを地獄に引きずり込む必要があるんだ？　そんなことをして、俺にどんな得があるんだ？　あんた、やっぱり何もわかっていないんだな」

吐き捨てるかのようにそう言うと、男がわたしに背を向けた。そして、もう何も言わず、誰の顔も見ず、足早にカフェテラスから出て行った。

6

原島が姿を消したことによって、再び、ここにいるすべての人の視線がわたしひとりに注がれた。

静かだった。ここにはこんなにもたくさんの人がいるというのに、口を開く人は誰もなく、みんながわたしを無言で見つめていた。

わたしは茫然自失の状態で立ち尽くしたまま、わたしを見ている人々の顔をゆっくりと見まわした。

終わりだった。『March』と名づけられた新ブランドも……『リスタート』とのコラボレーションの企画も……起死回生を狙っていた『アストランティア』の存在も……再びバイヤーになるというわたしの夢も……そして、社会人としてのわたしの人生も……すべてが終わりだった。何もかもが、これで終わりだった。

わたしは大きくひとつ、息を吸った。そして、その息を静かに吐き出してから、ゆっくりと口を開いた。

「今の映像……わたしです。裸で喘いでいたのは、このわたしです」

こちらを見つめている人々に、わたしは淡々とした口調でそう告げた。

「伊藤さん、何を言ってるんですかっ！　違いますよっ！」

その瞬間、佐伯崇が慌てたように駆け寄ってきて、会場の人々に向かって大声で怒鳴った。「違いますっ！　みなさん、違いますっ！　伊藤さんじゃありませんっ！　伊藤さんは取り乱しているだけですっ！」

そんな佐伯を無視して、わたしは淡々と言葉を続けた。

「わたしなんです。さっきの映像、みんなわたしなんです」

「違いますっ！　伊藤さん、何を言ってるんですか？　違いますよっ！　伊藤さんじゃありませんっ！　みなさん、違うんですよっ！　もう出ましょう、伊藤さん。とにかく、外に出ましょう」

そう言うと、佐伯がわたしの腕を摑(つか)み、ここから連れ出そうとした。

そんな佐伯の手を、わたしは乱暴に振り払った。

「違わないよ、佐伯。わたしなんだ。わたしなんだよ。あれ、みんなわたしなんだよ」

佐伯の顔を見上げて、わたしは冷ややかに言った。

「そんな……嘘でしょう？」

わたしに向けられた佐伯の顔に、驚いたような表情が浮かんだ。お坊っちゃん育ちで、人のいい佐伯は、わたしがそんなことをするはずがないと思い込んでいたようだった。

「わたしは自分を見ている人々を静かに見まわし、力ない口調で淡々と言葉を口にした。

「わたしは……自分の裸をＳＮＳに投稿していました」

わたしがそう口にした瞬間、会場にどよめきが起きた。

「そんな……伊藤さん……どうして……」

佐伯が驚いたようにわたしを見つめた。

「わたし、みんなに見てもらいたかったんです……誰でもいいから……誰でもいいから、求められたかった……わたし、誰からも求めてもらえなかったから……必要だって、誰からも言われなかったから……誰でもよかったんです……誰でもいいから、必要だと言ってもらいたかったんです……体だけでも必要だって言われたかったんです……お前が必要だって、そう言われたかったんです……」

「もうやめましょう、伊藤さん。出ましょう。ここから出ましょう！」

佐伯が慌てたように、わたしを羽交い締めにした。

けれど、わたしは佐伯の腕を力ずくで振りほどき、わたしを見つめている人々に向かって、なおも言葉を口にした。

「わたし、求められたかったんです。誰かに抱き締めてもらいたかったんです。わたしには何もなかったから……自分には何もないって、よくわかっていたから……わたしには何の取り柄も、何の才能もないって、本当はよくわかっていたから……自分はありきたりな人間で、何もないって、わたしがいちばんよく知っていたから……」

口早に言っているうちに涙が込み上げ、たちまちにして目の縁から溢れ出た。

「やめましょう、伊藤さん！　やめましょう！」

佐伯が再びわたしを、さっきより強い力で羽交い締めにした。

「わたし、何もないんだよ、佐伯……何もないんだよ」

呻くように、わたしは言った。そして、そのままその場にしゃがみ込み、両手で顔を覆って泣き崩れた。

終わりだった……終わりだった……何もかもが、これで終わりだった。

7

その晩も、僕は女とふたりで、間もなく、若菜との新居になるはずのタワーマンションの一室へと向かった。のこのこと僕について来たのは、Twitterを通じて、今夜、初めて会った女だった。

尋ねたわけではなかったが、女は二十代の前半、たぶん、僕と同じくらいか、少しだけ年下なのだろう。色白で、かなり肉付きが良くて、腕も脚も首も太くて、目が細くて鼻が丸くて、美人という言葉とは程遠い容姿の持ち主だった。

けれど、そんなことはどうでもよかった。

そう。どうでもいいのだ。性欲を満たしてくれるのなら、どこの誰でもいいのだ。

薄暗いリビングルームに足を踏み入れるなり、女が「すっごいっ!」と叫ぶかのように言った。その反応は、ここに連れ込んだ多くの女たちのそれとよく似ていた。

玄関のたたきにパンプスを脱ぎ捨てると、女は僕の許可を得ることなしに、家具も調度品もない広々としたリビングルームを足早に横切った。そして、今はまだカーテンもロールスクリーンもない窓のひとつに駆け寄り、その窓ガラスに額を押しつけるようにして、眼下に広がる夜の東京を見下ろした。

「すごい部屋ね。こんなに豪華な部屋に来たのは初めて」

窓の外を眺めながら、甲高い声で女が言った。

そんな女に僕は静かに歩み寄り、女のすぐ後ろに立った。そして、たっぷりと肉のついた温かな体を背後から優しく抱き締め、女の耳や首筋に湿った唇をそっと押し当てながら、薄い化繊のブラウスの上から豊かに張り出した乳房をゆっくりと揉(も)みしだいた。

女の首筋からは桃の実を思わせる甘い香りが立ち上っていた。

「あっ、待って……ちょっと待って……」

胸を揉みしだかれた女が、太い首をよじってこちらに顔を向けた。湿った息が僕の顔に吹きかかった。

すぐに僕は女のブラウスを捲(まく)り上げた。そして、ブラジャーを押し上げ、剝き出しになった乳房を背後から両手でじかに揉みしだき始めた。

「ああっ……待って……ダメ……」

女が声を喘がせ、慌てたように僕の手を押さえつけた。

けれど、僕は手を動かすのをやめはしなかった。

女の乳房は本当に豊かで、大ぶりのグレープフルーツほど……いや、それよりもっと大きいかと思われた。その乳房はしっとりと汗ばんでいて、とても柔らかくて、揉みしだくたびに指が皮膚にめり込むようだった。刺激を受けた乳首が、少しずつ硬くなり、ゆっくりと立ち上がっていくのがわかった。

「あっ……うっ……ああっ、感じる……あっ、ダメっ……ああっ、ダメっ……」

女は目の前の窓ガラスに両手を突き、肉付きのいい体をよじるようにして声をあげ続けた。「ああっ、待って……感じるっ……感じるっ……ああっ、いいっ……いいっ……」

その淫らな声を、僕は音楽を聴くかのように楽しんだ。ボクサーショーツの中では、男性器が急激に硬直していった。

性的快楽を覚えた女たちの口から出る声を聞くことが、僕は何よりも好きだった。美しい女があげる声も、そうでない女の喘ぎ声も……若い女の口から出る声も、中年女たちが漏らす声も……大きくて派手な声も、抑えきれずに漏れ出る声も……いつもそれぞれに僕を高ぶらせた。

手に余るほど豊かな乳房を左手で執拗(しつよう)に揉み続けながら、僕は右手で女の髪を乱暴に鷲(わし)摑(づか)みにし、窓ガラスに押しつけられていた顔をこちらに向けさせた。

のっぺりとした女の顔には、恍惚となったような表情が浮かんでいた。

「どう？　感じる？」

僕が訊き、恍惚とした表情の女が「感じる……」と小声で返事をした。

そんな女に顔を寄せ、僕は艶やかなルージュに彩られた唇を荒々しく貪った。

「うっ……むっ……むぐうっ……」

女が肉付きのいい体を激しく悶えさせながら、僕の口の中に苦しげな声を漏らし続けた。

長いキスを終えた直後に、僕は自分のベルトを外し、ズボンとボクサーショーツを素早く下げた。そして、女が穿いているフレアスカートを腰の辺りまで捲り上げ、パンティストッキングとショーツを膝の下まで引き下ろし、剝き出しになった女の股間に背後から指先で触れた。

思った通り、女の性器は彼女が分泌した体液で滴るほどに濡れていた。

「あっ、待って……ちょっと待って……」

女が声を喘がせて訴えた。

けれど、僕は待つことなく、いきり立った男性器の先端を女の股間に押し当て、腰を強く突き出して女の中に男性器を根元まで一気に押し込んだ。

「あっ！　いやっ！」

窓ガラスに両手を突いた女が天井を振り仰ぎ、背中を反らすようにして声をあげた。

そんな女の腰を僕は両手で強く摑み、大きな窓の向こうに広がる夜景を睨みつけるかのように見つめながら、これでもかという激しさで腰を前後に打ち振った。

ふたりの肉のぶつかり合う鈍い音と、女が絶え間なくあげる喘ぎ声とが、静かな部屋の中にやかましく響いた。

間もなく僕の妻になる若菜は、乱暴に犯されることや、髪を鷲摑みにされてオーラルセックスを強いられることをとても嫌がった。だから、僕はいつも、彼女との性行為では乱暴なことはしなかったし、何かを命じるようなこともめったにしなかった。

けれど、そういう行為からでは、性的な高ぶりはほとんど得られなかった。

セックスすることを『愛し合う』と表現する人たちがいる。だが、少なくとも、僕の場合はそうではなかった。

そう。僕にとっての性行為は、愛することではなく、『支配する』ということだった。その女を服従させ、僕の足元に平伏させ、有無を言わせず、自分の思いのままにさせるということだった。

「あっ！　あっ！　ダメっ！　あっ、いやっ！　あっ！　感じるっ！　あっ！　ああっ！」

男性器が深々と突き入れられるたびに、女が派手な声を上げ、顔のすぐ前にあるガラスを白く曇らせた。

もはや僕は何も考えなかった。マグマのように膨れ上がる欲望に身を任せ、そのマグマが噴出するのを待ち構えていただけだった。

「ああっ！　いやーっ！」

男性器が一段と深く突き入れられた瞬間、女が背伸びをするような姿勢になって声を上げた。そのことで、もっと上のほうの窓ガラスに息が吹きかかり、そこに小さな花が現れた。

あの女、伊藤真知子が描いた花だった。

そして、僕はあの女を思い出した。思い出したくなどなかったのに、あの女が指先で描いた花の絵が、消えていく運命にあった記憶を甦(よみがえ)らせてしまったのだ。

僕は思い出した。あの女とすごした時間を、次々と思い出した。

僕は腰を振るのをやめた。直後に、男性器が急激に力を失い、へなへなと萎(しぼ)んでいくのが感じられた。

「どうしたの？」

女が振り向いて尋ねた。その顔が上気して、細い目が潤んでいた。

僕は女から手を離し、早くもぐんにゃりとなり始めている男性器を引き抜いた。

「どうしたのよ？　何でやめるの？」

不思議そうな顔をして女が訊いた。

僕は返事をしなかった。たった今も、絶望の淵にいるはずの伊藤真知子のことを考え続けていたのだ。

絶望の淵？

いや、伊藤真知子がいるのはもっとひどいところ……たぶん、地獄だった。

女がこちらに向き直り、両手で挟むようにして僕の顔に触れた。そして、僕に顔を近づけ、唇を合わせ、柔らかな舌を口の中に深く差し込んできた。

そんな女を僕は無言で押しのけた。

「何なの？　どうしたのよ？」

苛立ったかのように女が言った。

けれど、僕はやはり返事をしなかった。

『あんたが地獄にいたいなら、ひとりでいればいいでしょうっ！　あんたは地獄が好きなんだから』

叫ぶような伊藤真知子の声が脳裏に甦った。

「何なのよ？　急にどうしたの？」

細い目を吊り上げて女が僕を見つめた。

「ほかの女のことを……考えてた」

呟くように僕は言った。

「何よっ！　失礼ねっ！　もう帰るっ！」

怒りに顔を歪めて女が言った。そして、乱れた着衣を慌ただしく直し、もうこちらには視線を向けずに玄関へと歩いて行った。

けれど、僕は女のあとは追わずに、窓ガラスに歩み寄った。

背後でドアの開けられる音がし、それが乱暴に閉められる音がした。だが、僕は振り向くことなく、たった今まで女が両手を突いていた窓ガラスを見つめた。

ガラスにもう、あの花は見えなかった。けれど、そこに顔を近づけ、そっと息を吹きかけてみると……そこにまたあの花が鮮やかに浮かび上がった。

8

ひとりきりになった薄暗い部屋で、暖かな床の上に蹲（うずくま）り、僕はここで最後に伊藤真知子と会った夜に自分が彼女に言ったことを、微（かす）かな胸の痛みとともに思い出した。

あの晩、僕はこう言った。

『仕事がうまくいったからって、それが何になるんだよ？　結婚したからって、何になるんだよ?』

それから、さらにこんなことも言った。怒鳴るような口調で、まくし立てるかのように言った。

『子供が生まれたからって、何になるんだよ? 生まれた子が可愛いからって、それが何になるんだよ? 食事が美味しいからって、それが何になるんだよ? いいところに住んだからって、それがいったい何になるんだよっ! 教えてよ、マーチ。教えてくれよっ!』

自分では見えなかったけれど、あの時の僕の顔には、いつもとはまったく違う表情が浮かんでいたはずだった。

あの時、どういうわけか、僕はムキになっていたのだ。どうでもいいことに感情的になっていたのだ。

この僕がムキになるなんて……。

自分でもにわかには信じられないことだけれど、確かにそうなのだ。あの晩、僕はムキになっていたのだ。

彼女に甘えていた?

そうだ。その通りだ。

僕は甘えていた。彼女に気を許し、甘えて、普段は決して見せない自分を見せていた。誰かに甘えたのは、覚えている限りでは初めてだった。

明かりを灯さぬ薄暗い部屋の中で、自分が生まれて初めて甘えた女のことを僕は考え続けた。もう一時間近く、彼女のことだけを考え続けていた。

『またメールするね』

ふたりで初めてここですごした翌朝、あの女が口にした言葉を思い出した。その時のとても嬉しそうな女の顔を思い出した。

あの朝、僕にとって伊藤真知子は、性欲を満たすためにTwitterで誘い出した女たちのひとりにすぎなかった。

そう。彼女はどうでもいい存在だったのだ。

いや、今だって、どうでもいい女のはずだった。誰かの罠に嵌まった伊藤真知子が、どれほど悲しみ、どれほど辛い思いをしていようが、そんなことは僕とは何の関係もないはずだった。

それにもかかわらず、伊藤真知子のことが頭からどうしても離れなかった。

もしかしたら、同情している？　あの女をかわいそうだと思っている？

まさか。あり得ない。あり得ない。あり得ない！

「何であんな女のことばかり考えてるんだ？　あんな女、どうなったっていいじゃないか？　それとも、違うのか？」

あえて声に出して僕は自分に問いかけた。その声がひどく苛立っていた。

そう。僕は苛立っていた。センチメンタルになっている自分自身に、猛烈に苛立っていた。

僕はそんな男ではないはずだった。誰かに同情したり、かわいそうだと思ったりは決してしない人間のはずだった。僕の体には冷たい血が流れているはずだった。

それなのに……それなのに……。

とっさに僕は、床に置かれていたスマートフォンを手に取った。今すぐ彼女に電話をかけ、あんなイタズラをしたのは僕ではないのだということをちゃんと話し、それをわかってもらった上で、彼女に慰めの言葉をかけようと思ったのだ。

スマートフォンの連絡帳を開き、僕は『伊藤真知子』という文字を見つめた。

人を慰めたり、温かい言葉をかけたりするのは、僕みたいな冷血漢のすることではないと思った。だが、それでも、僕は彼女に電話をかけた。

電話に出てくれるのかな？　それとも、僕の電話には出ないつもりかな？　もし、彼女が出たら、まず何を言おう？

スマートフォンを耳に押し当て、僕はそんなことを考えていた。

けれど、その電話は通じなかった。どうやら、電源がオフになっているようだった。

考えてみれば、それは当然のことかも知れなかった。今、彼女は誰とも話したくないと考えているのだ。誰からも慰められたくないと思っているのだ。

そして、僕はまた伊藤真知子を思い出した。彼女の笑った顔や、怒った顔や、快楽に歪んだ顔を思い出した。

僕はほかの人たちとは違う星から来たはずなのに……みんなとはまったく違う人間で、血も涙もない冷血漢なはずなのに……どういうわけか、涙が込み上げてきそうだった。

9

あの日から一度も開いたことのないカーテンの隙間（すきま）から差し込んだ夕日が、床を細く照らしている。その光の中を無数の埃（ほこり）が力なく漂っている。

わたしはぼんやりとそれを見つめている。

あれから三回の夜が来て、三回の朝が来た。いや……もしかしたら、四回の夜と四回の朝なのかもしれない。

今のわたしには時間の感覚というものがまったくなくなっていた。

あの日から、わたしはずっとこの部屋に閉じこもり、テレビも点けず、パソコンも立ち上げず、音楽を聴くこともなく、ほとんどの時間をベッドの上で何をするともなくすごしていた。

この部屋に戻ってきたばかりの頃には、わたしは泣いてばかりいた。けれど、今ではもう涙は出なかった。たぶん、涙の泉が涸れてしまったのだろう。

わたしはそれほどたくさんの涙を流したのだ。

あの日、あの直後に、わたしはスマートフォンの電源を切っていた。もう誰とも繋がりたくなかった。放っておいてもらいたかった。

死にたい……死にたい……死にたい……このまま、死んでしまいたい。この世から消えて、いなくなってしまいたい。

あれからずっと、わたしはそう考え続けている。

けれど、生きていたくないと思っているにもかかわらず、空腹には耐えられず、わたしは一日に何度かベッドを出て冷蔵庫に向かった。そして、買い置きしてあった冷凍食品やレトルト食品を温め、それらを缶ビールで流し込むようにして食べた。

あの時、わたしは自分が原島努にハメられたのだと考えていた。数日前に言い合いをした腹いせに、あの男がイメージビデオに何か細工をしたのだろう、と。

けれど、よくよく考えてみると、犯人は原島努ではないように思えてきた。

あの男がそんなにまわりくどくて、そんなに面倒で、そんなに危険なことをするはずがなかった。

誰かを恨むのは、ごく普通の人間がすることだった。人を憎んだり、陥れようと考えたりするのもまた、ごく普通の人間がすることだった。

けれど、あの男は普通の人間ではないのだ。普通ではないから、特定の誰かを恨んだり、憎んだり、陥れようとしたりはしないのだ。

だから、きっと、犯人はあの男ではないのだろう。あの男は普通の人間ではないのだから。いや、彼は人間でさえなく、血も涙もなく、喜ぶことも悲しむこともしない、まったく別の生命体なのだから。

あれから何度となく佐伯崇がここにやって来た。佐伯はインターフォンを執拗に鳴らし、ドアの向こうから大声でわたしに声をかけた。育ちのいい佐伯は、わたしのことを本気で案じてくれているようだった。

一度は佐伯と一緒に北村圭吾もやって来た。インターフォンに応じないわたしに苛立った北村は、ドアをがんがんと叩きながら、「真知子、いるんだろう？　いるんだったら出てこいっ！」と大声で叫んだ。

けれど、わたしは出ていかなかった。北村に合わす顔があるはずはなかった。

あれから『リスタート』と『アストランティア』とのコラボレーションの話がどうなったのかは知らない。けれど、たぶん、あの企画は『なかったこと』になってしまったのだろう。みんなで力を合わせ、とても長い時間と大きな労力を払ってあそこまで漕ぎ着けたけれど……あれほどのケチがついてしまった企画が、うまくいくはずはなかった。

ナイトドレスでベッドに横たわり、ぼんやりと天井を見つめていると、またインターフォンが鳴らされた。

もちろん、わたしは立ち上がらなかった。ドアのほうに顔を向けることさえなかった。

「伊藤さーん。いるんでしょう？　顔を出してくださいよーっ！」

ドアの外に立っているらしい佐伯の大きな声が聞こえた。「きょうは大事な報告があって来たんです。犯人がわかったんですよ。誰があんなことをしたんだと思います？」

犯人がわかった？

その言葉を耳にしたわたしは、ゆっくりとベッドに上半身を起こし、佐伯の次の言葉をまった。

犯人がわかったからといって、何がどうなるものでもなかった。それでも、わたしを天国から地獄に突き落とし、社会的に葬り去った人間の正体は知りたかった。

「犯人は岡田さんだったんです。あのイメージフィルムを作った岡田さんが、あんなひどい細工をしたんです」

ドアの向こうから聞こえる佐伯の言葉は、あまりにも衝撃的なものだった。

にわかには信じることができなかった。新ブランドのためにあれほど尽力していた岡田保が……愛想があるわけではないけれど、余計なことを決して口にせず、社長におべっかを使うこともせず、いつもテキパキと素早く仕事を進めていたあの岡田保が……真面目で誠実そうで、自分の味方だとわたしが信じ込んでいたあの岡田保が……あれほどまでにひどいことをしたとは、どうしても信じることができなかった。

「僕たちもびっくりしました。でも、そうだったんです。岡田さんがパソコンに何か仕込んだみたいなんです。岡田さん、あれから行方がわからないし、連絡も取れないんですけど、社長が警察に通報したようですから、遅かれ早かれ捕まると思いますよ」

わたしはベッドから出て、玄関に向かおうかと考えた。けれど、そうはせず、上半身を起こしたまま玄関のドアをじっと見つめた。

「岡田さん、伊藤さんのことを一方的に好きだったみたいですよ。伊藤さん、心当たりはありませんか？」

佐伯が言い、わたしはメタルフレームの眼鏡をかけた岡田保の顔を思い浮かべた。

そして、その瞬間、『カネロニ』と名乗る人物が、わたしに執拗にダイレクトメッセージを送って来ていたことを思い出した。

「伊藤さん、食事はどうしているんですか？　僕にできることは何でもしますから、遠慮しないで声をかけてくださいね。それじゃあ、また来ます」

その言葉を最後に、佐伯の声は聞こえなくなった。


佐伯が帰って行ってから、わたしは実に久しぶりにスマートフォンを手に取り、その電源を入れた。『カネロニ』と名乗っていた人物が、本当に岡田保だったのかを確かめようとしたのだ。

わたしはすでに『March』のアカウントを消去していたから、『カネロニ』が送りつけて来たメッセージを再び読むことはできなかった。それでも、送られてきたダイレクトメッセージのいくつかは、今もはっきりと思い出すことができた。

あのメッセージには、それほど怯(おび)えさせられたのだ。

『Marchさん、僕にも会ってください』

『ほかの人とはやり取りをしているんですよね？　だったら、僕にも会ってくださいよ』

『教えてください。どうして僕じゃダメなんですか？』

『いつまで無視を続けるんですか、Marchさん？　返事をするぐらい、簡単じゃないですか』

『どうして返事もくれないんです？　僕がそんなに嫌ですか？』

『返事ができないから、僕のほうからMarchさんのところに行きましょうか？　あなたの家を突き止めるぐらい、簡単なことなんですよ』

今となっては確かめることはできなかった。彼がイタリア料理のカネロニを好きだと聞いたこともなかった。

だが、きっと『カネロニ』は彼だったのだろう。岡田保だったのだろう。

「あの男……許せない……許せない……」

声に出して、わたしは言った。

けれど、どういうわけか、怒りの感情は湧いてこなかった。

そう。今のわたしには、怒るための力さえ残っていないのだ。


メタルフレームの眼鏡をかけた岡田保の顔を思い浮かべながら、わたしは手にしたままのスマートフォンをしばらくぼんやりと見つめていた。

あのあと、佐伯崇が何度となくわたしに電話をくれていた。北村圭吾も三度ほどわたしに電話をしたようだった。そして、驚くことに、原島努からの着信履歴も残っていた。

原島努はわたしに何を言うために電話をしてきたのだろう？　慰めるつもりだったのだろうか？　犯人は自分ではないと弁明するつもりだったのだろうか？　それとも、地獄の底で悲嘆に暮れているわたしの様子を知って、それ見たことかと嘲りたかったのだろうか？

わたしは原島努の『ゆーと@rain_you10』にアクセスしようとした。

けれど、わたしの目に入って来たのは『このページは存在しません』という文字だった。

そう。『March』と同じように、『ゆーと@rain_you10』ももはや存在しないのだ。

わたしは手にしたスマートフォンをベッドの上に放り出し、忌まわしいものでも見るかのように、その文明の利器を見つめた。

もし、この世にスマートフォンなんていうものがなければ……Twitter や Instagram なんていうものがなければ……こんなひどいことは起きなかったのだ。

神様はその人が乗り越えられないような試練を与えない。

そんな文章を何かの本で読んだことがある。

けれど、わたしにはこの試練を乗り越えられそうになかった。どれほど楽観的に考えても、わたしの前に広がっているのは絶望だけだった。

これからどうしたらいいのだろう？　これから先の人生を、わたしはどうやって生きていけばいいのだろう？

ぼんやりとわたしは思った。

10

わたしを陥れ、絶望の淵に突き落としたのが岡田保だと知らされた翌日、わたしはあの事件のあと初めて入浴をし、髪と体を入念に洗った。そして、簡単な化粧を施し、飾り気のない長袖のTシャツと擦り切れたジーンズを穿き、水色のヨットパーカーを羽織り、何年も前に購入したスニーカーを履いて久しぶりに自室を出た。

外に出たことにたいした意味があったわけではない。食料とビールが底をついたから、近所のスーパーマーケットで買い足そうと思ったというだけのことだった。

マンションを出ると、そこには午後の強い日差しが照りつけていた。吹き抜ける風が髪をなびかせ、ヨットパーカーのフードをはためかせていったけれど、寒さはまったく感じなかった。それどころか、日向(ひなた)を歩いていると汗ばんでしまうほどだった。

世の中ではすでにゴールデンウィークが始まっていた。そのせいか、走っている車の数は、普段よりずっと少なかった。スーツを着ている人の姿はほとんどなく、行き交う人々の多くが休日を楽しんでいるという様子だった。楽しげな顔をした家族連れやカップルの姿も多かった。

この時期のファッション業界は書き入れ時で、わたしは毎年、店で忙しく働いていた。だから、東京に出て来てから、ゴールデンウィークに何もすることがないというのは初めてだった。

スーパーマーケットは歩いて五分ほどのところにあった。二十四時間営業の大きなチェーン店で、わたしは食料品のほとんどをその店で購入していた。

その店の入り口で、わたしは足を止めた。けれど、そのスーパーマーケットには入らず、再び歩き始めた。歩いているうちに、急に、原島努と行ったあの店に……ボートレース場のすぐそばにあるあの薄汚れた店に、行ってみようと思いついたのだ。望んだ自分になれなかった人々が集うあの店が、今のわたしにはとても似つかわしいような気がしたから。

あの店は明るいうちからやっていると、原島努から聞かされていた。

電車を乗り継いでその街に着いたわたしは、ボートレース場近くのあの店に行く前に、かつて原島努と並んで歩いた荒川沿いの遊歩道を歩いてみた。

そうしたことにも、大きな意味があったわけではなかった。ただ、吹き抜ける初夏の風と、照りつける日差しがとても心地よかったから、というだけのことだった。

原島努とふたりで初めてその遊歩道を歩いた晩には、まだ桜は一輪も咲いていなかった。けれど、今、そこにずらりと並んだ桜の樹々は、どれも鬱蒼と葉を茂らせていた。

ゆったりと流れる荒川の水面に、何艘かの遊覧船が浮かんでいるのが見えた。川の流れはとても穏やかで、そこに初夏の太陽が強く照りつけていた。わたしの足元の遊歩道には、頭上に枝を広げた桜並木からの木漏れ日が降り注いでいた。

散歩をする人々、犬を連れた人々、家族連れやカップルたち……そんな人々と擦れ違いながら、わたしは整備された遊歩道をゆっくりとした足取りで歩き続けた。

わたしはいつも、とても踵の高いサンダルやパンプスばかり履いている。けれど、きょうはスニーカーを履いていたから、それだけですべての景色が違って見えるような気がした。


歩き続けていると、視界の片隅にあのマンションが飛び込んで来た。原島努とその妻との新居になるはずのタワーマンションだった。

遊歩道を降りると、わたしはそのマンションへと向かった。

そのことにもまた、たいした意味があるわけではなかった。ただ、何となく、という感じだった。

踵の低い靴っていうのは、こんなにも歩きやすかったのか。

買ってからほとんど履いていないスニーカーを見つめて、わたしはそんなことを思った。そして、これから先、ハイヒールのブーツやパンプスやサンダルを、わたしがまた履くことがあるのだろうかと考えた。

足元のスニーカーからふと視線をあげた瞬間、突如として心臓が跳ね上がった。思わず「あっ」という声も出た。

あろうことか、向こうからあの男が……原島努がこちらに向かって歩いて来たからだ。

わたしが彼に気づくより先に、彼のほうではわたしに気づいていたようだった。歩き続ける彼の顔に、戸惑ったような表情が浮かんでいた。

彼の隣には小柄な女がいた。ピンクの薄手のセーターと、タイトな黒いデニムのジーンズを穿いた地味な雰囲気の女だった。きっとその女が彼の婚約者なのだろう。

男の腕に自分のそれを絡めた女は、彼を見上げてしきりに何かを喋(しゃべ)っていた。化粧っ気(け)のないその顔には、嬉しそうな笑みが浮かんでいた。

『わからないって……その人のことが好きか嫌いか、わからないっていうこと？』

わたしは彼にそう尋ねたことがあった。すると彼が、『ああ、そうだよ。俺にはわからないんだよ』と返事をした。

歩き続けながら、わたしはそんなことを思い出していた。

彼らとわたしはたちまちにして近づき、そして、擦れ違った。

その瞬間、わたしは彼の顔を見つめた。けれど、彼はわたしに視線を向けなかった。

何歩か歩いてから、わたしは足を止めた。未練がましく振り向いた。

だが、もちろん、彼は振り向きはしなかった。

11

あの店はきょうも汗臭い男たちでほぼ満席だった。あの晩と同じように、狭い店の空気は煙草の煙で白っぽく濁り、肉や魚を焼くにおいと酒のにおいが立ち込め、男たちの多くが怒鳴ってでもいるかのように声を張り上げていた。

あの晩と同じように、わたしが店に足を踏み入れた瞬間、そこにいる男たちのほぼ全員がこちらに視線を向け、わたしの全身をジロジロと不躾に見つめた。

あの日のわたしはその視線にひどく物怖じした。けれど、きょうはビクビクすることなく空いている席に座り、訝しげな顔をして注文を取りに来た割烹着姿の女性店主に、あの日、彼がしたようにオロナミンハイとモツの煮込みとセンマイ刺しを注文した。

化粧っ気のない顔に疲れ切ったような表情を貼りつかせている店主の女が、何か言いたげな顔でわたしを見つめた。けれど、女の口から出たのは「はいよっ」という短い言葉だけだった。

望んだ自分になれなかったわたしは、望んだ自分になれなかった男たちに囲まれてオロナミンハイを飲んだ。何度もおかわりを注文し、何杯も何杯もオロナミンハイを飲んだ。男たちは断続的に、わたしにちらりちらりと視線を向けていた。けれど、それを鬱陶しいとは感じなかった。望んだ自分になれなかった彼らは、望んだ自分になれなかったわたしの仲間だった。

飲み続けているあいだに、窓の外が少しずつ暗くなっていった。時間の経過とともに店はますます混雑して来て、今では壁際に立ったまま飲み食いをしている男までいた。

「あんた、大丈夫かい？　いくら何でも飲みすぎだよ」

何度目かのおかわりを注文した時に、戸惑ったような表情を浮かべた店主の女がわたしに言った。

「大丈夫です。おかわりをお願いします」

女を見上げてわたしは笑った。舌がひどく縺(もつ)れているのが、自分でもわかった。

結局、望んだ自分になれなかった男たちが集うその店で、望んだ自分になれなかったわたしは、オロナミンハイを七杯か八杯……もしかしたら、それよりもっとたくさん飲み、モツの煮込みとセンマイ刺しと、甘い味付けの卵焼きを食べた。

ふと時計を見ると、時刻は午後九時をまわっていた。この店に入ったのは四時だったから、五時間以上も居座ったという計算だった。

支払いをするために席を立った時には、足がひどくふらつき、目の前のものがまわっているような気がした。

これほど長く居座り、あれほど何杯もオロナミンハイを飲んだにもかかわらず、その店の代金は驚くほどに安かった。わたしはそれを現金で払い、お釣りをくれた女性店主に舌を縺れさせて「ごちそうさま……美味(おい)しかったです」と言った。

「あんた、何があったのかは知らないけど……元気を出しなよ。頑張りなよ」

わたしを見つめて女が言った。その顔にはとても心配そうな表情が浮かんでいた。

「元気なんか出ないよ……わたし……もう頑張れないよ……」

目尻と口元にたくさんの皺(しわ)がある女の顔を見つめ返し、力なくわたしは言った。そんなことを言ってもどうにもならないとわかっているにもかかわらず、つい、そう言ってしまった。

わたしの言葉に、女が小さく頷(うなず)いた。

「じゃあ、元気なんか出さなくていいよ。頑張らなくてもいい。でも……あしたもあさっても生きるんだよ。いいね？　わかったね？」

女がそっと微笑んだ。目尻と口元にたくさんの皺ができた。

「うん。ありがとう」

そう返事をすると、わたしは素早く女に背を向けた。

突如として込み上げてきた涙を、見られたくなかったのだ。

12

店を出た時には、辺りは真っ暗になっていた。わたしは泣きべそをかきながら、ふらふらとさまようように歩いた。

どこに行こうという当てはなかった。自分がどこに向かっているのかもわからなかった。

歩いているうちに、バッグの中のスマートフォンが何度となく着信音を立てた。

多くの人々がそうしているように、かつてのわたしはスマートフォンから着信音が発せられるたびに、その画面を見つめたものだった。

けれど、わたしはもうスマートフォンを取り出しはしなかった。着信音が聞こえるたびに、苛立ちを募らせただけだった。

もう誰とも繋がりたくなかった。誰とも関わりたくなかった。

ふと気づくと、わたしは荒川をまたぐ長い橋の上にいた。車の通行量のかなり多い、とても幅の広い橋だった。

わたしは足を止め、欄干にもたれ、そこから身を乗り出すようにして川を見つめた。

下流のほうから風が吹いていた。水面を渡って来たその風は、少しだけ生臭かった。ほとんど波の立っていない水面にたくさんの光が映っていた。

『元気なんか出さなくていいよ。頑張らなくてもいい。でも……あしたもあさっても生きるんだよ。いいね？　わかったね？』

女性店主の言葉が脳裏に甦った。

「生きられないよ……わたし……もう、生きられない……生きていたって、意味なんかないよ……」

誰にともなく、わたしは言った。視界が涙で霞み、唇の端からよだれが溢れるのがわかった。

死のう。ここから飛び降りて、この人生を終わりにしよう。

そう決意したわたしは、欄干から身を乗り出した。

その瞬間、背筋が冷たくなった。

死ぬのは怖かった。怖くてたまらなかった。けれど、死んでしまえばすべての苦痛から逃れられるような気がした。

その時、またバッグの中でスマートフォンが着信音を立てた。その音がわたしをまた苛立たせた。

欄干から身を乗り出したまま、わたしは少し考えた。そして、身を乗り出すのをやめてバッグを開き、そこからスマートフォン取り出した。

「あんた、うるさいんだよっ！　鬱陶しいんだよっ！」

わたしを破滅に追い込んだ忌まわしい文明の利器を見つめ、怒鳴るかのようにわたしは言った。

その直後に、わたしはスマートフォンを持ったその手を欄干の向こうに突き出し……目を閉じてふーっと長く息を吐き……目を開いてスマートフォンを見つめ……「さようなら」と小声で呟いた。そして……そして、わたしはスマートフォンを握っていた手からそっと力を抜いた。

わたしの手を離れたスマートフォンは、くるくるとまわりながら落下していき、十数メートル下の水面に落ち、そこに小さな飛沫（しぶき）を上げて消えた。

「ザマアミロ」

わたしは小声で呟いた。意味もなく笑った。

その瞬間、わたしの中で何かが変わった。確実に変わった。

エピローグ

そして、わたしは走った。

今まさに沈もうとする夕日を見つめ、友の命を救うために王の宮殿へと向かって走った若い羊飼いのように、わたしは夜の街を走った。息を切らして夢中で走った。

わたしは走った。走った。走った。走った。走った。

ここではないどこかに向かって、わたしは走った。

望んだ自分になれなかったわたしと、決別をするために走った。

生きることを諦めたわたしと、さようならをするために走った。

わたしの周りにあるすべての人と、すべてのものと、お別れをするために走った。

わたしは走った。走った。走った。走った。走った。

さっきまでのわたしを脱ぎ捨て、まったく別の人間になるために走った。

追いかけてくる何者かから逃れるために、わたしは必死で走った。

わたしは走った。走った。走った。走った。走った。

走っている途中で脚が縺れ、わたしは何度となく地面に転がった。けれど、そのたびにすぐに立ち上がり、また走った。

転がり、立ち上がり、走る。転がり、立ち上がり、走る。転がり、立ち上がり、走る。

そんなことを繰り返し続けた。

何度目かに転がり、何度目かに立ち上がった時、強烈な吐き気が込み上げてきた。

わたしは体をふたつに折り曲げて嘔吐した。「おえっ」「おえっ」という呻きをあげて、何度も嘔吐した。胃の中のものがすべてなくなるまで嘔吐を繰り返した。


長い嘔吐を終えたわたしは、ゆっくりと体を起こし、手の甲で無造作に口を拭った。

見上げると、夜空にたくさんの星が瞬いていた。

わたしは無意識のうちに、『わたしの星』を探した。

今夜のわたしは、夜空の片隅に瞬くその星をすぐに見つけられた。

その瞬間、わたしはハッとした。その星がわたしだけのために光っていたからだ。

『大丈夫だ、真知子。お前はまだ戦える。だから、戦え』

そんな声が聞こえたような気がした。

「えっ？　わたし、まだ戦えるの？　本当に戦えるの？」

声に出して、わたしは訊いた。

『そうだ。だから、戦え』

星がわたしに命じた。今度はその声がはっきりと聞こえた。

そして、わたしは歩き出した。

どこに向かって？

もちろん、渋谷の外れの自分の部屋に向かってだ。

そう。帰るのだ。家に帰るのだ。そこで食事をし、たっぷりと眠り、あしたからの戦いに備えるのだ。

わたしはまた夜空を見上げた。

星は今も光っていた。今もわたしだけのために光っていた。

「味方なんかいらない。ひとりもいらない。あんたさえそこから見守っていてくれたら、わたしはちゃんと戦えるよ」

夜空を見つめて歩きながら、わたしは星に語りかけた。

もちろん、現実は何ひとつ変わっていない。

今も、わたしの前に広がっているのは絶望だった。絶望だけだった。それにもかかわらず、一歩踏み出すごとに、体に力が湧き出てくるのがわかった。

思い煩うな、真知子。

わたしは自分に言い聞かせた。

朝までには凍死するかもしれない吹雪(ふぶき)の夜の小鳥たちでさえ、何も思い煩わずに眠るのだ。だとしたら、わたしが思い煩う必要はどこにもなかった。

あとがき

本作品は映画『裏アカ』を元に、僕が小説化したものである。

映画『裏アカ』はTSUTAYA CREATORS' PROGRAM FILM 2015の準グランプリ作品であり、企画を出した加藤卓哉(かとうたくや)氏の初監督作品になる。

初めてこの『裏アカ』の脚本を読んだ時、僕は衝撃と呼んでもいいような感情を覚えた。それはまさに、心を鷲摑(わしづか)みにされたという感じだった。脚本が、それほどまでに僕の感性を揺さぶったのだ。

同時に、この作品はどうしても自分の手で小説化したい、ほかの作家には書かせたくない、という想いが湧き上がった。

その時点では、まだ映画の出演者は誰ひとり決まっていなかった。実際にどんな映画になるのかも、僕にはまったくわからなかった。

それでも、脚本を読み返すたびに『僕が書きたい』『ほかの作家には書かせたくない』

という気持ちは強くなっていき、その日のうちに僕は徳間書店に、ぜひ書かせて欲しいと伝えた。

　やがて映画が完成した。脚本も素晴らしかったが、瀧内公美さんと神尾楓珠さんの体当たりの熱演によって、映画はさらに素晴らしいものになった。僕はすでに何度も見たが、見るたびに感動の涙を抑えることができないほどだった。


　僕は映画を小説化するのが好きで、これまでに十作以上のノベライズを書いてきた。ストーリーを考えるのが得意ではないので、あらかじめ物語の流れが決まっているノベライズは、僕にとっては書きやすいのだ。

　けれど、ノベライズの執筆を開始する時には不安も感じる。監督や脚本家やプロデューサーは、僕とは感性の違う人なのだから、彼らが気に入ってくれるようなものが本当に書けるかが不安なのだ。実際、物語の進め方を巡って彼らとぶつかったことも少なくない。『このシーンは書き直してください』『いやです。書き直しません』という押し問答を繰り返したこともある。

　けれど、『裏アカ』の執筆を始めた時には、この不安を感じることはまったくなかった。

この作品なら絶対にうまく書けるという自信があったから。加藤監督が気に入ってくれるという自信もあった。

そして、僕は書いた。物語の世界に入り込んで夢中で書いた。これほど夢中でノベライズを書いたのは、たぶん、今回が初めてだった。

僕の小説を読んだ加藤監督は感激してくれた。予想していたことではあったけれど、彼から届いた言葉の数々はとても嬉しかった。

今、世界中で新型コロナウィルスが猛威を振るっていて、毎日のように、数百人という数の人々が亡くなっている。この日本は今のところは何とか持ち堪えてはいるが、ヨーロッパとアメリカではすでにパンデミックの状態になっている。七月に開催されるはずだった東京オリンピック・パラリンピックも、まさにきょう、延期になることが決まった。

世界経済はかつて経験したことがないほど大きなダメージを受けている。あしたのことが誰にもわからず、誰もが不安におののいている。この僕も例外ではない。

この『裏アカ』が書店に並ぶ頃、世界はどうなっているのだろう？　『あの頃はひどかったけれど、ようやく終息に向かっているね』『もう大丈夫そうだね』などと言い合える状態になっているのだろうか？

　そうであることを、心から願っている。


　本作品の執筆にあたっては加藤卓哉氏と、プロデューサーの遠山大輔（とおやまだいすけ）氏、小林麻奈実（こばやしまなみ）氏にとてもお世話になった。またお目にかかる機会はなかったが、高田亮氏の脚本は僕に大きな刺激を与えてくれた。この場を借りて感謝する。加藤さん、遠山さん、小林さん、高田さん、ありがとうございました。映画の成功を祈ります。

　最後になってしまったが、長年にわたって僕の担当をしてくれている徳間書店の加地真紀男氏に心より感謝する。加地さんにはいつものように、たくさんの貴重なアドバイスと力添えをいただいた。

　加地さん、ありがとうございました。これからも必死に、真摯（しんし）に書きます。どうぞ、よろしくお願いいたします。

二〇二〇年三月　　横浜市青葉区の自宅にて

大石　圭

本書は、映画『裏アカ』（脚本　高田亮・加藤卓哉）の小説版として著者が書下した作品です。

なお、本作品はフィクションであり実在の個人・団体などとは一切関係がありません。

徳間文庫

裏アカ

2020年5月15日 初刷

著者 大石圭

発行者 小宮英行

発行所 株式会社徳間書店

〒141-8202 東京都品川区上大崎三-一-一 目黒セントラルスクエア

電話 編集〇三(五四〇三)四三四九 販売〇四九(二九三)五五二一

振替 〇〇一四〇-〇-四四三九二

印刷 製本 大日本印刷株式会社

ISBN978-4-19-894556-5 (乱丁、落丁本はお取りかえいたします)